三代の光陰

大村泰
OMURA YUTAKA

幻冬舎 MC

三代の光陰

はじめに

この本を手にしてくださった方に厚く感謝申し上げます。

「塾長から高校・大学野球部や大学庭球部の日本一を紹介していただく。こうして、連綿と社中の絆が受け継がれ、歴史と伝統が紡がれてゆく。塾長のお話を聞いてこう決意した。次作の第一章は塾高優勝にしようと」――これは、一八九八（明治三十一）年の創刊から百年以上の歴史ある慶應義塾の機関誌「三田評論」に寄稿した拙文の末尾です。二〇二四年三月号の巻頭随筆「丘の上」に掲載させてもらいました。

執筆のお題は、私の慶応義塾高校野球部の思い出と、拙著「三代の過客」執筆の経緯です。二〇二三年夏の甲子園で百七年ぶりに優勝した母校野球部と、同年十一月に上梓した著書にまつわる駄文を綴りました。中国古代五経の一つ「礼記《らいき》」を援用すれば、綸言汗《りんげんあせ》の如し。いったん活字にして世に出してしまったら、「あれは勢いで書いちゃったんです」とごまかしは通じません。自ら退路を断って、第二作は母校の優勝とワールド・ベースボール・クラシック（WBC）を三世代一緒に観に行ったことから書き起こすことに決めました。「この二つの決勝戦を祖父と父母と子がそろって観戦するっていうのは、百年に一度あるかないかだよね」と語らったものです。二〇二四年秋には、ドジャースが制覇したワールドシリーズを三世代一緒にテレビ観戦するという夢も叶いました。

前作は賛否両論でした。「重厚で知性と教養あふれる力作」と評価してくれる知人は少なくありません。その一方、「長すぎて読み切れない」「難解な表現が多い」「脚注とコラムがうっとうしい」など、いまだに高校野球部同期会で非難轟々《ごうごう》です。「重い、長い、読みづらい」と牛丼チェーンのうたい文句の逆張りのような声をたくさん頂戴しました。今作はその三重苦の軛《くびき》を取り払ったつもりです。

光陰は百代の過客なり――唐の詩人・李白は、時の流れは永遠の旅人だと詠っています。光陰には月日という意味もあれば、単純に光と陰も表します。前作のほぼ二十年後、二〇二三～四年を主な舞台にしました。弁護士、医者、放送局勤務の三十代の三兄弟やその妻、また従妹の生き様が主軸です。彼らは世界各地や歴史、文学を逍遥《しょうよう》して知見を広げたり、若きアスリートの活躍に刺激を受けたり、切磋琢磨《せっさたくま》します。

この三世代の道行きには光り輝く未来もあれば、暗澹《あんたん》たる陰も待ち構えています。失われた三十年に首まで浸かり、社会経済の想像を超えるような事件、蹉跌《さてつ》、懊悩《おうのう》の連続です。企業買収をめぐる陰謀や駆け引き、医療事件、職務の失態に翻弄《ほんろう》されます。祖母と母、娘たちは結婚、出産、子育てと仕事との両立や悲しい別れに遭遇しても懸命に生き抜きます。その都度、家族や友人の支えもあってなんとか乗り越えます。

親子、家族、家庭って何でしょうか？　二〇二四年一月十日。「わが『福澤伝』を語る」と題した作家の荒俣宏さんの講演を聞きました。福澤諭吉の修身要領を繙《ひもと》きながら、「家庭が良くなれば国も良くなる」という言葉が印象的でした。修身要領の第十条は「親子の愛情は純粋であり、これを傷つけないことは一家の幸福の基本である」と訓《おし》えています。

拙著にちりばめたもっともらしい御託《ごたく》はあくまで個人の感想です。不適切な表現が散見されるかもしれません。作中の人物はすべて創作しました。「これ〇〇さんかな」とドキッとしたとしても他人の空似に違いありません。各章の終わりにひょっこり顔を出すのは、もう一世代上の祖先たち。子孫や社会に温かくも皮肉な視線を注ぎます。

最後までページを繰っていただければ、これに勝る喜びはありません。

三代の光陰　目次

登場人物 ※年齢は二〇二四年一月時点

大山　諭《さとる》（三六）ＭＡＬ法律事務所所属の弁護士。企業法務の担当。慶応義塾高校野球部出身

大山明日香（三六）諭の妻。デザイナー事務所勤務

大山　悠真（三）諭と明日香の長男

大山紗耶香（一）諭と明日香の長女

草壁　尊《たけし》（三三）諭の弟、川越医科大学病院勤務。救急と外科の専門医

草壁かなえ（三三）尊の妻。川越医科大学病院勤務。耳鼻咽喉科の専門医

草壁みこと（二）尊とかなえの長女

大山　聖《まさし》（三一）諭と尊の弟。さくらテレビ勤務。アナウンサーからスポーツ局へ

大山　胖《ゆたか》（六六）諭・尊・聖の父。ビジネス新報在籍

大山のぞみ（六五）胖の妻。元客室乗務員

塚田　駿平（三六）芝浦光学機械勤務、諭の野球部同期

角田　啓太（三六）浪華電産勤務、諭の野球部同期
山本　隆（三六）新橋西法律事務所所属の弁護士、諭のロースクール同期
佐伯　智美（二八）諭・尊・聖のまた従妹、虎ノ門の法律事務所所属

各章末尾の登場人物

草壁　俊英《としひで》　大山三兄弟の母方の祖父
大山　立志《たつし》　大山三兄弟の父方の祖父
大山美智子　大山三兄弟の父方の祖母
佐多　松子　大山三兄弟の父方の大伯母

プロローグ

三代の観客

二〇二三年

抜けるような青空にマリアッチのリズムが響き渡る。緑と赤を基調にしたユニフォームを着たメキシコの応援団が陽気に踊りまくる。ソンブレロをかぶった若者がビール瓶を片手に歌い騒ぐ。太鼓と笛が盛り立てる——。WBCの準決勝、日本対メキシコ戦は試合開始の何時間も前からお祭り騒ぎだった。

二〇二三年三月二十日（現地時間）、大山諭《さとる》（三六）は、父・胖《ゆたか》、妻の明日香と長男・悠真、長女・紗耶香、諭のロースクール同期の山本隆と、アメリカ・マイアミにあるローンデポ・パークのライトスタンドに陣取っている。諭が鼻高々でまとった赤い応援ユニフォームは、白一色に埋まった侍ジャパンの応援席のなか、ひときわ目につく。背番号はもちろん「17」。日本が誇る投打の二刀流メジャーリーガー大谷翔平が諭のお目当てだ。

劣勢だった試合をひっくり返したのは、国内屈指の若き三冠王・村上宗隆だった。二塁打で出塁した大谷ら二走者を置き、フェンス直撃の逆転サヨナラ打を放つ。WBC予選からの不調、長いトンネルから抜け出した瞬間を祖父と父子は外野スタンドで目の当たりにした。「村神サマのご降臨。陰から光だな。後光がさしているようだ。聖《まさし》もきっと大喜びだろう」と、したり顔で言うのは胖（六五）だ。諭の末弟の聖はテレビ局に勤め、村上とはちょっとした縁を持つ。それだけに聖は、この大会の予選から不振をかこつヤクルトの主砲を心配していた。

「ニッポン！　ニッポン！」。三歳の悠真は、エンジェルスの帽子をかぶり、顔の四倍もあるポップコーンを両手に持って、はしゃぐ。地鳴りのような大歓声。グラウンドでは殊勲打のヒーローにチームメイトが群がり、もみくちゃになっている。メキシコのサポーターが諭の両肩をポンポンと叩いて握手を交わし、互いの健闘をたたえ合う。

試合途中、悠真を抱いて諭は球場で出会った有名選手とちゃっかり写真に収まっていた。「これ見てよ」と諭は得意顔でスマホ画面を示す。胖が覗き込むと、日本のプロ球界からメジャーで活躍する投手と写真に収まっている。隣に映る外国人選手は、メジャーから日本に渡りホームランを量産し、今回のWBCではオランダ代表で出場している強打者のようだ。誇らしげな諭を指差して「おやおや、諭が一番太っているんじゃないか」と胖が茶化す。さらに「昔は大谷に似ていなくてもなかったのに、アメリカ滞在でビッグになったなぁ」と笑えば、諭は「まだ成長中なんだよ、いまは○・一トンのゴジラ級を目指しているところさ」と冗談に付き合う。その望みは別の形で叶う。

その夜、諭はこんな夢を見た――ゴジラ松井と会えたのだ。なぜか、諭は高校時代のユニフォーム姿で背番号は3。現役時代に果たせなかったレギュラーの番号だ。おまけにシュッとした体形。諭はニューヨークのヤンキー・スタジアムで、高校時代からの憧れのスラッガーと握手を交わしている。背番号55のピンストライプのユニフォームをまとった松井と少しばかり会話を交わし、ツーショット撮影に応じてもらう。松井・レギュラー・スリムと三つも大望を果たした、と両手を突き上げた瞬間、目が覚めた。しばし寝床でまどろみながら、松井の大きくて分厚く温かい掌《てのひら》の感触が忘れられない。

さて、現実のローンデポ・パーク。諭が現実のふくよかな体形に戻って、胖・悠真と三世代で逆転劇に酔いしれているあいだ、諭の妻・明日香（三六）は昨秋生まれた長女・紗耶香を抱いて通路を歩きまわっている。ぐずる娘を寝かしつけるために観戦どころではない。しかし、大歓声もどこ吹く風と眠りこける娘の寝顔が愛おしい。スマートフォンに着信。「どこにいるの？」。諭の声だ。明日香は「すぐ後ろの通路」と答えると、諭と視線が合った。アメリカ人のなかにあっても、でかくて太いからすぐわかる。人ごみをかき分け、ようやく合流した。

メキシコ料理でWBC決勝進出を祝う

三十分後。ホテルの一階にあるメキシコ料理店で諭、胖、山本隆の三人が祝杯をあげている。「漫画か小説みたいな幕切れだったな」と、コロナビールを片手に興奮冷めやらない諭に、「村上は三つ三振のあと、起死回生の逆転打だもんな。まさに地獄から天国みたいなシーンだった」と山本が相槌を打つ。

前年にペンシルバニア州のロースクールで一緒だった山本は、諭のライバル事務所に所属している切れ者弁護士だ。小柄で筋肉質。頭の回転が滅法速く、口達者で弁が立つ。酒量も半端ない。

「それにしても、侍ジャパンはメキシコの先発ピッチャーには手も足も出なかった。二度あることは……」と言いさす諭に、山本は「サンドアル、みたいな名前だった（本当はサンドバル)。見事なカーブで三振の山だ。カーブでアウト」とニヤリと笑う。

「カーブアウトか。三年前を思い出すなぁ。S社のMBO(経営陣による買収)案件では、山本と完全に敵陣営だった。カーブアウト(事業切り離し)もあったな」

「S案件じゃ、諭の高校野球部の同期が苦労したそうじゃないか。今日の試合のように、最後の逆転打でひっくり返した」

若き弁護士同士のラリーの応酬に、テニスの試合の観客よろしく視線を右往左往させていた胖が業を煮やして口を挟む。「俺たちもMBOで独立したからね。もっとも、親会社が潰れそうになって、沈没寸前の船から逃げ出した鼠みたいなものだった。ぎりぎりセーフ、何とか共倒れしなくて済んだ。ところでカーブアウトってなんだい?」

「会社が特定の事業を新会社として独立させることだよ。その案件に俺たちが敵味方の立場で関わった。守秘義務があるからそれ以上は勘弁してくれ」と諭は口を濁す。一見、和気藹々《わきあいあい》とした会話の裏に、諭と山本はM&A(合併・買収)案件で丁々発止と渡り合った過去があった。S社というのは、諭の同期塚田駿平が勤めている会社らしい。とすると、胖が昔取材していた芝浦光学機械のことだろうか。

ホテルで春の高校野球ネット観戦

メキシコ料理とコロナビール、テキーラを堪能したあと、諭は父とこっそりホテルの部屋に帰還する。明日香と子どもたちは熟睡中だ。マイアミ時間三月二十一日未明、日本では三月二十一日午後。甲子園では春の選抜高校野球大会の真っ最中だった。その日、母校の慶応義塾高校と仙台育英高校の緒戦があった。同じ慶応高校野球部OBである二人は、さっそくネットの映像に見入る。試合は好投手の投げ合いで九回を終わって一対一。この大会から導入された初のタイブレーク、延長戦にもつれ込む。結果、一対二のサヨナラ負け。手にしたコロナビールの味が急にほろ苦くなる。「いい試合だった」「残念だけど夏に向けてリベンジしてほしいね。今日の村上のように」

明日のWBC決勝では大谷翔平とマイク・トラウトというスーパースター夢の対決を目撃したい。胖と諭はそんなことをほろ酔い加減で語らいながら夢路につく。

◇

諭の祖父母の世代が十万億土から子孫の行状を眺めている。百年の光陰を融通無碍《ゆうずうむげ》に行き来する二人。諭の母方の祖父・草壁俊英《としひで》と、父方の大伯母・佐多松子が天に浮かぶ太陽と月の視点から俯瞰している。

俊英「大谷は二〇二四年ドジャーズに移って、いきなり五十四本塁打・五十九盗塁という途方もない記録を打ち立てた。そして村上は日本を代表する若き主砲に育ったな」

松子「村上が地獄から天国に羽ばたいたみたいに、二〇二四年夏のパリ五輪でも若きアスリートたちが世界に飛翔したわね。予選は不調だったエース橋本大輝が男子体操の団体戦最終種目の鉄棒で大技を決めた。絶望の淵から大逆転して金色に輝く。チームでつないで、土壇場まで決して諦めない。彼らは世界に勇気と感動をもたらした。それから、あの、車輪をつけた俎板《まないた》のようなものに乗っかって滑っていく……何て言いましたっけ？」

俊英「ああ、スケートボードだね。俺たち大正世代から見ると、いやはや奇天烈な種目だ。堀米雄斗《ほりごめゆうと》が最終滑走で奇跡の雄飛を決め、大差をひっくり返して二連覇を果たした」

松子「見ていられないぐらいの悲劇もありました。柔道で金メダルの大本命だった阿部詩《うた》がまさかの二回戦敗退。まるで歌舞伎の千両役者が、舞台で大見えを切ろうとしたら、突然緞帳《どんちょう》が下りてきたみたい。慟哭《どうこく》する彼女にアリーナ中の観客から『UTA!』『UTA!』の大合唱が巻き起こった。四面楚歌《しめんそか》ならぬ、激励といたわりの『四面詩歌《うたコール》』には感動したわ」

俊英「詩のお兄ちゃんも立派だった。阿部一二三《ひふみ》が妹の敗戦の何時間かあとに畳に上がって見事に優勝した。『兄としてやるしかない。妹の分まで兄が頑張らないと』って不退転の決意で臨んだ。リベンジを果たしてくれた兄の雄姿に妹はもう一度泣いていた」

松子「世界最強の兄妹をテレビ観戦した諭がつぶやいていたわね。『悠真と紗耶香も仲良く切磋琢磨し合う兄妹になってくれたらなぁ』って」

垓下《がいか》で籠城した項羽は、劉邦麾下《きか》の漢軍に包囲され、四面から聞こえてくるのは楚歌の大合唱。それは股くぐりや背水の陣で有名な韓信の策略だった。楚の出身者に楚の地方民謡を兵に教えさせたのだ。「楚は占領された」と意気なえた項羽は敗れ去る。

第1章

二つの決勝戦

～WBCと甲子園　二〇二三年

三月二十一日、WBC決勝戦

胖《ゆたか》と諭《さとる》、悠真という大山家三世代の前夜の夢が本当に実現する。日本とアメリカのWBC決勝戦。一家は一塁側内野席に陣取る。日米両軍のスーパースターがそれぞれの国旗を掲げ先頭で行進する。大谷翔平とマイク・トラウトの二人はまるでスポットライトが当たったかのように光り輝き、とびきりのオーラが漂う。「ショーヘイ・オオタニ」。選手紹介のアナウンスにひときわ大きな歓声と拍手が沸き起こる。

悠真は後ろの席に座る恰幅のいいアメリカ人夫妻と何やら日米交流に余念がない。「スリー」と言いながら指を三本突き立てているのを見ると、どうやら年齢を主張しているらしい。ボストン出身のこの夫婦、アイスホッケー、バスケットボールと、その年ボストンのスポーツが調子よかったので最初はご満悦だった。「ボストン・レッドソックスに吉田正尚《まさたか》がやってくるね。彼には期待している」。日本に負けたのは不満だが、吉田の活躍に少し溜飲《りゅういん》が下がった様子だ。

悠真が身ぶり手ぶりでコミュニケーションするうちに、勢い余ってポップコーンを盛大にこぼす。「やっちゃった」と言わんばかりの表情。平素、頑迷固陋《がんめいころう》で不寛容、他人を思いやらないと言われがちな胖が、とたんに眉を顰《ひそ》めて不機嫌な顔を隠さない。それでも当の悠真は「ま、いいか。ドンマイ」と立ち直りは早い。さしもの祖父も孫にだけは寛容だ。「ユウちゃんのドンマイは、敵なしだな」

「USA!」「USA!」。四面楚歌ならぬ、四面から沸き起こる怒涛のようなユーエスエイコール。日本のファンは、古代中国・楚の項羽さながらの気分を味わう。

しかし、ジャパンの侍たちは「四面米歌《アメリカ》」にもめげない。劣勢から村上のホームランで同点に追いつく。諭と悠真がハグしてグータッチを交わす。ついに逆転して迎えた九回。野球の神さまはフィナーレを飾るクライマックスを用意していた。

スライディングでユニフォームに泥がついた大谷がレフト裏の投球練習場からゆっくりとマウンドに向かう。ツーアウトを取ってから打席に立ったのはエンジェルスの盟友トラウトだ。千両役者の対決に球場はいやおうなく最高潮に達する。大谷の投じた鋭く曲がりの大きいスライダー、後にスイーパーと命名された魔球に、さしものスーパースターのバットも空を切る。あまりに劇的過ぎて、漫画や小説の作者ですら結末にするのは二の足を踏みそうな幕切れ。試合前、居並ぶメジャーのスーパースターたちに「憧れるのはやめましょう」とチームを鼓舞した大谷。彼はこのとき憧れを超えた。否、憧れられた。

古今未曽有、異次元の偉業、前代未聞、唯一無二、史上初、不世出、オーマイガー！ etc. 大谷の活躍を振り返ると、野球の神さまベーブ・ルースも天を仰ぐような形容詞にはこと欠かない。二〇一八年、投打の二刀流でメジャーデビュー以来、MVP二回とホームラン王の称号を得ている。

しかし、光が強ければ影も濃いのか。二〇二三年秋、けがによる手術で打者に専念。そして二〇二四年の開幕直前、通訳の不正送金というスキャンダルが見舞う。しかし大谷に動じた素振りはうかがえない。

論の母のぞみは、大谷の人間性を含めた活躍に我が息子を見るように、熱い視線を注ぐ。テレビやネットで観戦しながら「翔平日記」をしたためている。そのさわりを覗いてみよう。

・二〇二四年四月、ドジャースに移った大谷翔平が日本人ホームラン記録の金字塔ゴジラ松井秀喜超えの一七六号本塁打を放つ。「ゴジラ」のテーマソングが球場に流れていた

・七月、オールスターでスリーラン・ホームラン

・八月二十四日、「そんな、まさか！　歴史的瞬間！」。大谷が九回裏二死で満塁サヨナラホームラン。四十本塁打と四十盗塁を史上初めて同時に達成

・九月二十日。ドジャース対マーリンズ戦。舞台はWBCと同じローンデポ・パーク。三連続ホームランを含む六打数六安打、十打点、二盗塁。前人未到の五十本塁打と五十盗塁を超えた。(年末に二〇二四年の新語・流行語大賞トップテンに「50－50」が選ばれる)。大谷が切望していたポストシーズン進出決定

・九月三十日、レギュラーシーズン最終戦。五十四本塁打、百三十打点はリーグトップ、打率も三割一分、わずか四厘差の二位。三冠王に肉薄

・十月、念願のポストシーズン。対パドレスの緒戦にスリーランを放ち、両手を振りあげベースを回ってチームを鼓舞する。WBCのシーンがフラッシュバッ

クした。メッツ戦でもスリーランの翌日、先頭打者本塁打。ワールドシリーズではヤンキースを相手に第二戦で左肩を脱臼しながらも「世界一」に大きく貢献。子どものころからの夢が叶う。

・十一月二十二日、満票で三度目のMVP選出。DH（指名打者）専念では初、両リーグ獲得は二人目。二〇二六年WBC、二〇二八年ロス五輪では、二刀流で金メダル獲得とMVP選出に光り輝くはず。

大谷劇場はフィナーレに向けて誰も予知しない結末を用意していた。漫画を超えるドラマの数々。大谷はやはり光が似合う。もちろん二〇二三年のWBC決勝戦を観戦中の諭たちにはまだ知る由もない、ちょっと未来の話だが。

場面は再び大谷による魔球で劇的幕切れが訪れた、WBC決勝戦のマイアミの球場に戻る。あまりの出来事にフリーズしていた諭や観客の間でビックリマーク付きの日本語の感嘆詞が飛び交う。「やったー!」「最高!」。ときおり塗り絵に没頭したり、スマホで恐竜の動画を見たり余念がなかった悠真も、このときばかりはメガホンを振って大騒ぎ。すっかり仲良しになったくだんのアメリカ人夫妻がハイタッチに応じてくれる。

十四年ぶり三度目の優勝。この優勝を目前にするまで、諭は過去に何度か侍ジャパン観戦に挑戦していたのだが叶わず、彼にとっては、ある意味リベンジ・マッチでもあった。二〇二〇年東京五輪。父・胖と生後間もない悠真の三代で侍ジャパン観戦を目論み、野球の準決勝と決勝戦のチケットを抽選で引き当てた。あにはからんや、歓喜の渦を消し去ったのが世界に猛威を振るった新型コロナウイルスだった。感染症が蔓延するなか五輪は一年先延ばしとなり、二〇二一年も無観客だったので水泡に帰してしまう。もし観に行けたら歓喜の金メダルを目撃できるはずだった。かくして江戸の仇をマイアミで討つことになる。

八月二十三日、夏の甲子園決勝戦

WBCから五か月後。同じ祖父・父・息子の三代が阪神甲子園球場の三塁側内野席の上段に陣取っている。抜けるような蒼穹《そうきゅう》を白球が切り刻む。カキーン！　快音の残響。打球は満員のライトスタンドに突き刺さる。夏の高校野球決勝戦では初めてとなる慶応高校の先頭打者ホームランで幕が開く。昼過ぎの日差しが光と影の境をくっきりと分断する。その境界線が時々刻々と移動していく。選手たちは試合終了まで光のステージのなかにいた。お日さまも舞台にスポットライトを当て続けることに手を抜かない。

埋め尽くす観客の大音響。サラサラヘアの宇宙一幸せな選手たちがグラウンドで躍動する。着々と点を稼いでいく。二枚看板の投手が失点を最小限に抑える。四つも失策したって彼らの心は決して折れない。部訓に掲げる「エンジョイ・ベースボール」のなせるワザなのか。

悠真は、ともに馳せ参じた諭の高校野球部時代のチームメイト塚田駿平の息子と肩を組んで応援歌「若き血」を歌ったり、点が入るとハイタッチを交わしたりしている。彼らは九人でまとめて席を取り、家族あげて集まった。平日なのに夏休みを取り大挙して押し寄せた恐るべきチームワーク。

九回裏。最後の打者を打ち取る。八対二。マウンドに駆け寄るナイン。晴れがましきチームワーク。

「おめでとう、ありがとう」。満場の観客は大声援を惜しまない。高齢のOBがつぶやく。

「生きているうちにこんな光景が見られるとは。長生きしてよかった」。大正五（一九一六）年以来百七年ぶりの全国制覇だ。慶応高校野球部の部訓である「日本一になろう」と「エンジョイ・ベースボール」が二つながら結実した瞬間だった。

二か月後に開かれた秋の国体で慶応高校は仙台育英に0対11と完膚なきまでに返り討ちにあう。光もあれば陰もあるのが好敵手たる由縁だ。

「先頭打者ホームランは圧巻だった。あれで試合の流れは決まったね」。八月二十三日、甲子園からの帰りの新幹線で諭は塚田に水を向ける。缶ビールを手に中華まんじゅうを頬張っていた塚田も「両投手はよく投げた。優勝大本命の仙台育英を二点に抑えたんだもんな」とご満悦だ。仙台育英にとって慶応の大応援団はまさに四面楚歌を聞いた項羽の心境だったかもしれない。そのころから「大音響の応援が影響して仙台育英は十分に実力が発揮できなかった」などと批判や疑問の声が沸き起こる一方、先制弾のヒーローが「美白王子」とネットを賑わし始めた。

甲子園から帰京する新幹線は名古屋を通過した。電卓とメモ帳を手に何やら計算していた胖が独白する。「盆と正月が一緒に来たようだな。慶応高校優勝は百七年ぶりの快挙だ。前回は一九一六年、第一次世界大戦のさなかだな。WBCで世界一になるのは十四年ぶりだ。惑星直列みたいに両方起きるのは一四五六年に一度。祖父と父、子が一緒に観たというのは、世界八十億人のなかでもほとんどおるまい。宇宙一ラッキーな三世代と言っていい」

　おやじったら、もう、不適切極まりない、論理性のかけらもない言いぐさだな。細かくてつまらない御託を並べるいつもの悪い癖だよ。独《ひと》りよがり、唯我独尊《ゆいがどくそん》、デリカシー・ゼロ。いくつになっても健在だ――諭のあんぐり開いた口は塞がらない。それでもそんな感情はおくびにも出さず、「悠真は宇宙一ハッピーな三歳児であることは間違いないかもね」と受け流しておく。新幹線の車中、その視線の先には唯我独尊というよりも泰然自若と絵を描き続けている悠真がいた。

「ティラノサウルスは肉食、トリケラトプスは草食なんだよ」。宇宙一エキサイティングな幼児が恐竜の絵を祖父に説明している。「ほー、そうか。弱肉強食、いつの世も弱者は強いものの餌食になるんだな。人間の社会も」と調子を合わせていたつもりの胖の耳に、「例の同意なき、の一件だな」と思わせぶりな言葉が聞こえてくる。「お前ら、なんだ。悠真の前で不純異性交遊……不適切な話をするな」と、とんちんかんに割り込む。

「何を妄想をたくましくしているの。企業買収の話だよ。前は敵対的な買収と言っていたのを、最近は同意なき買収と言うようになったんだ」と諭が胖を諭す。塚田が勤める芝浦光学機械を巡る買収合戦では、諭の法律事務所が買収側に付いていた。トリケラトプスのように、食われる側の悲哀が滲み出る。ティラノに襲われたトリケラの巨体が三分割され、しいたげられる姿が諭の脳裏に浮かぶ。

胖のビジネス新報も地味なＭＢＯでカーブアウト、つまり親会社から事業の切り離しの憂き目に遭った。陰謀と罠が渦巻く、泥船の上での泥仕合。致命傷は蜂の一刺しだった。色っぽい女性役員の繰り出す針は猛毒だ。

かくして、胖は週に一、二本コラムを書きながら、高校野球部の同期が理事を務める女子大などで教壇に立つ。学生と話していると、なんだか若返った気分を味わう。「ポートランド（アメリカ北西部オレゴン州）に行ったとき、諭の先輩弁護士に聞いた話が講義におおいに役立った。大統領選にまつわる訴訟やフェイクニュース（偽情報）、メディアの報道のからくりを学生に披露した。聞いて目から鱗が落ちた」と胖はよく言っている。

諭は、球友の塚田が担当している芝浦光学機械の祖業である光学事業がカーブアウトで会社から切り離されるのを懸念している。

塚田は同じく球友の角田啓太が似たような境遇に四苦八苦している姿を慮《おもんばか》る。「あの雀《じゃん》鬼《き》、角田の浪華電産も大変だな。せっかく老舗の家電メーカーで活躍していたのに経営が傾いて、とうとう台湾の会社に買収されたって聞いた。彼、どうしている?」

「家電の子会社に出向するらしい。いずれ起業したいそうだ」

「被買収企業の辛酸を嘗め尽くしたんだな。ここのところ野球部の同期会にも顔を出していない」

諭の事務所は、角田の浪華電産、つまり買われる側の代理人をやっていた。DD(デューデリジェンス=資産査定)のチームの末端でちょっとだけ関与している。角田と何度か飲むうちに、アクティビストとの対応に忙殺されている苦労談を聞かされた。角田は、株主名簿をにらみながら、株主総会で反対の出そうな案件を票読みし、TOB(株式公開買い付け)提案を受けた場合のシミュレーションに悪戦苦闘する毎日だった。

アクティビストは、物言う株主のこと。二〇一四年には八つだったのが、二〇二三年に七十に達し、企業の経営陣が自社株を買い取って上場廃止するＭＢＯの金額は前年度比五倍の一兆四千億円と過去最多になったと、日本経済新聞は報じている。ＭＢＯは経営陣が会社の株式を購入して非上場化する。そのためのスキームの一部がＴＯＢだ。中国五経の一つ「春秋の注釈書」の筆者なら、ＭＢＯとＴＯＢは唇歯輔車《しんしほしゃ》の仲だと評するかもしれない。

ＴＯＢという手法を使って、経営の自由度が増す上場廃止を選び、株主の影響力を削ぎにかかる企業が増えてきた。忌避されがちだった敵対的買収も「同意なき買収」とやや穏当な表現に変わってアレルギーは薄れ始めた。同紙によると、二〇二四年に東京証券取引所で上場廃止したのは九十四社と過去最多に達し、東証の企業数は最低になったという。同意なき買収や、物言う株主、株式市場からの退出が、鼎《かなえ》のように、企業社会を変え始めている。

浪華電産は、投資ファンドからの要求を門前払いして株主総会が大荒れになった。経営の意思決定がなかなか定まらず、物を言わなかった安定株主からも批判の声が噴出する。結末は、海外ファンドと組んだ台湾メーカーがTOBをかけて、さしもの名門も海外資本の軍門に下った。

新幹線は新横浜を通過して品川に向かう。塚田が自信なさげに問う。「なんて言ったたっけ？　スクイズ失敗でアウトになった、みたいな」

「スクイーズアウトだね。少数株主の株式を強制的に買い取ったんだ。もちろんアクティビストの保有株もその対象だ。かなり悶着があったけど、レモンを搾り出すみたいに、会社から物言う株主を一掃した。会社法が改正されて、スクイーズアウトしやすくなったのも背景にある」

難解な法律用語を駆使する二人の言葉のキャッチボールを門外漢然と眺めていた胖がまた横槍を入れる。「スクイーズアウト？　浪華電産からたいそうな弁護士費用を搾り取ったんだろう？　そういえば俺も高校時代にスクイズ失敗からアウトをとられたことがある」

一九七五年七月。慶応高校野球部だった胖は夏の神奈川県予選で初の三塁打を放つ。スクイズのサインで猛然と本塁に走り出す胖。と、打者はバントせず、ファウル。これが尾を引いて次々と打ち取られる。スクイズ失敗、スリーアウト。チームもベスト16で姿を消す。四十八年後の後輩たちに比べると、あまりに早い夏の終わりだった。

◇

諭の母方の祖父・草壁俊英と、父方の大伯母・佐多松子が天空のグラウンドで野球をテーマに井戸端会議を繰り広げている。

俊英「野球で日本がアメリカを負かすなんて夢のようだ。大正生まれの俺たちにとって、昭和は戦争で負けた暗い歴史と、その後の復興でアメリカに追いつけ、追い越せが合言葉だった時代だ。平成は失われた三十年間とかレッテルを貼られて、いま一つだった。令和はどんな時代になるんだろうな」

松子「グラウンドの若者を見ていると、楽しそうね。みんなナイス・ボーイで体格もいいわ。慶応高校が夏の甲子園で優勝したのは百七年ぶりですって。わたしの生まれる十年前ってこと？　乙女のころ、大学の最後の早慶戦を観に行った。ヒデちゃん……初恋の人……光る君が出場していたの。ハンサムで恰好良かった」

俊英「ああ、神田秀樹だね。駿河中学時代に俺とバッテリーを組んでいた。くしくも安部球場の反対側のスタンドで松子さんと同じ選手を応援していたわけだ。俺の母校早稲田の圧勝だったがね」

松子「俊英さんにとって義理の息子の絆の視点では、甲子園はリベンジだったのね。彼の小学校時代の野球仲間が仙台育英で甲子園に出たんですって。それで甲子園の土を送ってくれたの。あたしに言わせりゃ、なんでこんなものって思ったんだけど、引っ越すたんびに後生大事に持っていっていたわ」

第2章

M&Aの光と闇

~謀略と裏切り　二〇一六年

浪華電産に黒船来襲

「大山、浪華電産のＤＤチームに入れ」。諭《さとる》が勤めるＭＡＬ法律事務所のパートナーからそう言い渡されたのは二〇一六年春のことだった。「はい！」と威勢よく答えたのは、世間の耳目を集めている案件だったことと、入所三年にして初めて大きなＭ＆Ａ案件の末席に加わる興奮からだ。しかも秋には明日香との結婚を控えている。そのモチベーションがいやでも諭のギアを一段も二段も上げる。

ＤＤはデューデリジェンス、資産査定を指す。法務ＤＤは企業経営状況を調査する。財務の専門家と協働して、買収する価値があるかどうか、いざ買ってみたら思わぬ負債やリスクを抱えていないか目を光らせる。諭たちも買われる側の浪華電産の意向に沿って、売ろうとする資産や事業を精査しなければならない。

「家電部門は赤字だ。事業を切り離し売却すべきである。同時に海外事業を大幅に縮小する。五千人削減し、今期中に黒字転換することを求める」。こんな趣旨の経営刷新案が浪華電産に届いたのは二〇一六年の株主総会を控えた五月のことだった。送ってきたのは、浪華の発行した株式の三%を買い集めたアメリカのファンド「コンドル・パートナーズ」である。ロジャーズCEO（最高経営責任者）は浪華に役員を送り込むことを提案してきた。黒船来襲に経営陣は戸惑い、怒り、慌てふためく。

「コンドル？　ハゲタカじゃないのか？　話にならん。そんな脅しは無視しろ」「たかが三%じゃないか。うちには安定株主や銀行がついている。経営の屋台骨は微動だにせん」。急きょ開いた役員会では喧々囂々《けんけんごうごう》、ときに怒号も渦巻く。

最若手の取締役経営企画室長はさすがに詳細を調べ上げていた。コンドルは、世界各国で投資事業を展開する多国籍企業。日本国内ではバブルのころ流通業界の再編や、二〇〇五年のCapテレビ（CapはCapital＝首都＝の略）の買収合戦で暗躍した経緯を説明しながら、「先方の狙いを知らなくては手の打ちようもありません」と穏当な意見を吐く。「じゃあ、お前がやれ」という社長の鶴の一声でこの件は幕を下ろす、ように見えた。

白羽の矢が立った室長は社内各部の若手精鋭を集めて「チームC（コンドルの頭文字）」を結成する。そのなかに諭の野球部同期の角田啓太の名前もあった。さっそくコンドルの経営実態を調査すると、世界を股にかける資金力、投資先を定める嗅覚、猛禽類を思わせる果断な飛翔力と捕食力が明らかになり、たちまち、端倪《たんげい》すべからざる強敵と見抜く。財務経理出身の角田は数字を並べて詳細なレポートを書く。ところが上層部の危機意識ははかばかしくない。「一応、受け取っておく」と言いつつも読んだ形跡がない。

株主総会まで一か月もない。「よし、直談判だ」とばかり、角田はコンドルの日本法人を直撃した。しかし、容易に手の内は明かさない。スパイ扱いで門前払いも同然だった。ここは正念場だ、と雀鬼角田の本能は告げる。「わたしには質問に答える権限はない」「では、権限を持つ人を紹介してほしい」。日参し押し問答のすえ、ようやくアメリカ本社の担当者につながった。

ポチ、ポチ、ポチ。夜中や早朝、辞書と首っ引きでパソコンに向かってメールを打つ。十個の問いに対して答えが返ってくるのはよくて三個。すげない。「答えられない」という答えを何度受け取ったことだろう。それでも輪郭はつかめた、と角田は思った。が、つかんだのは象の尻尾だけで、全体像は全く違う絵姿だと思い知らされたのは、株主総会当日のことだった。

コンドル社はアクティビスト＝物言う株主の顔も持つ。保有している株式の価値向上を求めて経営側に改革案を提出する。恐らく経営権の取得は目指していない。ただし、株主総会では改革案と役員刷新案を提案するのは必至だ。どちらが株主の委任状を多く集めるかを競い合うプロキシーファイトにまでは至らないと想定される。

プロキシーファイトは、委任状＝プロキシー＝争奪戦のこと。株主総会で経営陣と大株主が対立して異なる議案を提出した際、自らの議案に賛成する株主の票を奪い合う。株主に議決権行使を託してもらうために、代理権を証明する委任状を集め合う。

現在の保有株式数は五％に達していないようだが、ほかのファンドと連携しているかどうか未知数。安定株主との協調、最大限の危機対応が必要――。こんな主旨の角田らのレポートが経営企画室長の手によって役員会の俎上《そじょう》に載ったのは総会の前日だった。

そして当日。コンドルの株主提案は容赦ない。事業損益が赤字続きの家電事業は売却すべし、と詳細な数字を並べ立てて鋭い舌鋒で切り込む。海外事業に矛先を向けると、投資に対するリターンが少ないと指摘して、資産を有効に使っていない実態を暴く。そのたびに議長は、亀が甲羅に首をすくめるかのように、下を向くことしかできない。なかには、社長の失政に気づいていて、苦渋の表情を浮かべる役員も少なくない。だが、窮地に立ち至るまで社長に経営改革の声を挙げる役員はいなかった。諫言《かんげん》すれば直ちに左遷の憂き目を見た故事を熟知しているからだ。

「経費に大ナタを振るうしかない」とコンドル側株主提案のギアは一段上がった。まず、人員を五千人削減すること、経費を二〇％カットせよ、と言い放つ。浪華電産にコンドル陣営から取締役を三人派遣する、ここまでは想定内だった。

「変えるべきは企業風土、企業文化そのものだ」。最後に突き付けたのは微妙な変化球だった。歴代社長らが就いている相談役、顧問を全廃せよ、年功序列型の賃金体系をやめよ、成果主義に転換せよ、と居丈高に要求する。十人を超す相談役や顧問の顔を思い浮かべ、さらには自らの行く末に思いを馳せたのか、議長は渋面《じゅうめん》を作る。しかし、株主総会には「まっとうな改革案だ。正論だ」と評価する空気が漂い始めた。

あれこれ言い逃れをしようとしていた議長は「ご指摘は真摯に受け止めまして、経営陣で検討させていただきたく」と、しどろもどろに口ごもる。

そのときだった。突然、大向こうから手を高々と挙げ、ナゾの株主が立ち上がった。「当社も五％内外の株式を保有している。こちらからも役員と監査役を派遣したい。コンドルとあわせてプロキシーファイトを提案する」。想定外の隠し球。あらかじめ台本ができていたかのような絶妙な間合い。経営側にとってはまさに寝耳に水だった。壇上の役員は当惑を隠せない。私語を交わすが、打開策は浮かばない。

とうとう株主の委任状争奪戦にまで追い込まれた。事前に金融機関をはじめとする安定株主工作に抜かりがなかったこともあって、経営側が八〇％の票を集めて、コンドルなどの提案は葬り去った。しかし、二割近い賛成票は大きな禍根を残す。

「いったい何をやっていたんだ、君たちは。プロキシーファイトはないってレポートを出していただろう。誰の責任だ！」。総会後の役員会では、本来、経営責任を負うはずの首脳陣が、一斉に責任逃れや犯人捜しに血道を上げる。そもそもアクティビストやらプロキシーファイトやら、なじみの薄い難解な用語はどこの星の話だと、他人《ひと》ごとのように無関心な輩《やから》が多い。

有象無象《うぞうむぞう》の役員会は、経営企画室長と「チームC」を戦犯に祭り上げることだけは全会一致で同意した。上席の担当役員すら手のひらを返すように裏切る。敗戦処理を担うチームCは、コンドルと資本関係にある台湾の投資ファンドが一心同体で動いていたウラを後に知る。

上場企業の発行済み株式数の五％超を保有する株主は、原則として五日以内に「大量保有報告書」の提出を義務付ける決まりがある。これが「五％ルール」だ。ところがコンドルも台湾のファンドも、五％を超えて買い増したのは総会の直前だったため、事前に「五」という数字は露見しなかった。

総会の翌週、新橋の雑居ビル地下でチームCの解団式が開かれた。

「まさか、コンドルとその仲間が合わせて一五％近くも保有するとはな」

「五％ルール逃れの駆け込み買収って、なんだか闇討ちっぽいよ」

「これからますます要求はエスカレートするに違いないな」

憑憤やるかたない各部のエースたちは釈然としていない。トカゲのしっぽ切りのように責任を一身に受け、子会社への転出が決まった経営企画室長の送別会も兼ねた解団式だった。

「室長、我々の力不足でこんな羽目に陥ってしまい、申し訳ありません」

「いや、俺も銀行や役所の人脈を使って情報を集めていたんだ。しかし、コンドルの裏技にはたどり着けなかった。何より危機意識が薄くて、ことなかれ、前例踏襲の経営陣が一番手ごわい岩盤だった」

「室長は今回決議された家電子会社の社長ですね。ご栄転と言っていいのかどうか」

「微妙だな。事実上、浪華は半導体や液晶、パソコン中心の会社に縮む。競争力が落ちた家電は切り離される。ほかの会社と統合するか、買収の対象になるか、予想もつかない。ただ、これだけは言える。赤字からのスタートだからこれより悪くはならない。明けない夜はないんだ。非上場になるから、アクティビストの脅威も旧態依然とした経営陣とも無縁だ。君たちもついてこないか？」

ところが、コンドルと台湾側の買収戦略は加速度を増していく。台湾の投資ファンドの裏にご本尊《ほんぞん》が隠れていたのだ。電子機器の受託生産会社・タイペイ電機工業が黒子となっている投資ファンドと合わせて着々と株を密かに買い増していく。

「浪華電産を台湾企業が買収　五〇%超の株式を取得へ」。こんな特ダネが東京政経新聞に載ったのは二〇一六年末のことだった。

日本経済のかつての華であった家電業界をめぐる買収劇は日本中を震撼させた。この特ダネにまつわる記者たちの攻防戦を語る前に、浪華電産の角田のその後について伝えたい。

二〇一七年、角田は希望退職に応募し家電子会社に出向する道を選ぶ。野球部同期の諭が角田と飲んだのは、その年の年末だった。有楽町ガード下の縄のれんをくぐり、ジョッキを傾けながら旧交を温めあう。やおら諭は交戦モードのスイッチを入れた。

「浪華電産は二〇〇八年リーマン・ショックの後から急速に業績が悪化した。世界のリスクを軽視したのが敗因だ。にもかかわらず、海外への積極展開の手は緩めなかった。それどころか加速している」

「長期政権を築いた前社長の積極路線が疑問なく継承された結果だ。後継者に指名された現社長はなかなか路線を切り替えられない。いわば院政だな。役員陣も社長の顔色ばかりうかがうイエスマンぞろいだった。下には高圧的なくせに。諫言役は次々に排除される」

「そして、誰もいなくなった、か。経営環境が激変したんだから前任に忖度せず、面目も面子《めんつ》も捨てないと」

日本の産業界は、戦後の混乱期から高度経済成長と、その後の不況、円高ショック、石油危機、バブル崩壊と幾多の逆風を乗り越えてきた。その成功体験に胡坐《あぐら》をかいて、抜本的な改革を先延ばししてきた。浪華のような伝統産業も例外ではない。黒船だ、外圧だと外部要因に責任転嫁し、保身に走ることに汲々とするばかりでは、内部から自壊しかねない。

諭は「認識が甘かったのは白物家電の在庫が積み上がったことだ」と指摘し、こう続ける。「カタログにあらゆる製品をラインアップすることに拘泥しすぎた。お前の得意の麻雀でいうと、一気通貫狙いに何の意味がある？　一から九まで牌をそろえたって、どれも業界二、三番手の牌ばかりだ」

「手厳しいな。会社の出発が冷蔵庫や洗濯機だったから、経営陣の思い入れは強い。エアコンや電子調理器では革新的な技術でトップを走っていた時期もあった。歴史と伝統に押しつぶされたのかもしれない。しかしお前の事務所の資産査定はシビアすぎたんじゃないか？　俺たちの会社の価値ってそんなに低いのか？」

諭は指を一本ずつ立てながら「まず第一。在庫の評価が甘い。工場によっては隠していると疑われかねない事例もある。過剰な在庫は将来の負債になる。二番目。無理な海外展開はいずれ破綻する。三番目は財務の数字だ。会計士によると、粉飾とまでは言わないが不適切な財務・会計処理が散見されるらしい。だいたい、コーポレートガバナンス（企業統治）がなっていない。経営の意思決定プロセスが甚だ合理性を欠いていると思料《しりょう》せざるをえない」

「異議あり！　それじゃあ、立つ瀬がないよ」

「情に棹《さお》させば、論理は消し飛ぶ。急落した株価や将来の隠れ負債を勘案すると、浪華本体の売却額は合理的かつ妥当だ。赤字部門の家電は別会社として切り離して大幅に減資した。非上場だから株主に右顧左眄《うこさべん》することなく大ナタが振るえるはずだ。もともと新製品の開発力や技術力はあるんだから再生する手立てはある」

しかし、浪華の経営難が明るみに出てから、技術者がぼろぼろ引き抜かれたり、海外に流出したりしている。角田は焼鳥の串を手に持ち「優秀な者から辞めていく」とつぶやいた。

再び話は東京政経新聞が浪華電産のM&Aを特報した二〇一六年末に戻る。神田鍛冶町《かじちょう》の雑居ビルのうらぶれた事務所にあるビジネス新報の編集センターで怒号が飛び交っている。「浪華電産を台湾企業が買収　五〇%超の株式を取得へ」と大々的に報じる紙面がこれみよがしにデスクに広げられている。

「また抜かれたのか！　とっとと追っかけろ！」。憤怒を隠さないのは副編集長の天童弘樹だ。

「特ダネ合戦なんてムリムリ、前世紀の話でしょ」「こんな心もとない手勢では後手に回ってもしかたない」。年の瀬に召集令状で呼び出された若手記者たちは戦意喪失のていたらくだ。早くも厭戦気分すら漂う。

「何言っているの、あなたたち。負け犬根性丸出しね。言い訳ばっかりしていて、どうするの？」と発破をかけるのは編集主任の花井恵梨香。勇ましい戦士の登場だ。「うだうだ言う前に確認を取って、ニュースサイトに流しなさい。次の展開を抜くのよ」と語気鋭く記者連中に檄《げき》を飛ばす。

ほどなくスマホの着信音。「あ、大山さんからだ。またしてもお叱言《こごと》か」と愚痴りながら天童はしぶしぶ電話に出る。「はい、今、ウラを取っているところです」

「それはわかっている。俺なりに取材してみた。面白いネタが引っかかったぞ。浪華と大将……今では被告人の鷲尾瑛士（メディア・ジャパン・ホールディングス＝ＭＪＨ＝元最高経営責任者＝ＣＥＯ）が八年ほど前のＭ＆Ａ案件でつながっていたらしいんだ」

「それは初耳です。亡霊のように元ボスのお出まし？　元親会社の取材って、やりやすいのか、やりにくいのか、微妙です」

「しがらみや恩讐を越えてぶち当たれ。お前と花井のコンビで頼む。俺は谷間の百合、もとい、ビジネス新報社長の椎名百合を攻める」

「かつて椎名さんの極秘レポートという都市伝説がありましたね。それですか？」

「そうだ。蜂の一刺しと喧伝された例の裏メモだ。検察にチクったって噂だった。今夜、会食のアポを取り付けた。傾城傾国《けいせいけいこく》の美女の正体を暴いてみせるよ」

　ＭＪＨは、インターネット黎明期から光り輝くベンチャーの旗手だった。企業買収を繰り返し、二〇〇五年にはＣａｐテレビ買収に関わる。鷲尾は、コンドルＣＥＯのロジャーズと隠密裏に連携し、口さがない自称専門家から「悪の結託」と喧伝された。世間の耳目を集めたこのM＆Aは不発に終わったものの、巨額の売却資金を手にしている。

二〇〇八年九月十五日、アメリカの投資銀行リーマン・ブラザーズが経営破綻する。住宅ローン危機に端を発したこの「リーマン・ショック」は世界を揺るがす。

当時、鷲尾がCEOだったMJHもリーマンの洗礼を受けて経営が急速に傾く。二〇〇九年三月期の決算ではかろうじて黒字になり、危機を乗り切ったかに見えた。ところが社内外から「本当に黒字だったのか」「何かこざかしい細工をしていないのか」と粉飾疑惑の声が巻き起った。当時、編集主任だった大山と天童・花井の「元気玉コンビ」も取材に動く。ところが本丸に迫れず、とうとう蟷螂《とうろう》の斧《おの》に終わってしまった。

蜂の一刺しと買収の舞台裏

二〇一六年の年の瀬午後八時、元麻布のバー・リリー。大山胖はアイリッシュウイスキーを傾けながら社長の椎名百合と密議を凝らす。

「この店で社長から重要な情報を示唆されたことがあったな。九年前だったか？　しかし、変わらないなぁ。四十を超えたのか？」

「社長なんて呼ぶのはやめてよ。それに年齢も。変わらないわね、あなたこそ。そのデリカシーのなさ。前はわたしのことを谷間の百合とか、バルザックにちなんで、バルちゃんとか揶揄《やゆ》していたくせに。セシリアって呼んでって言っているのに」

「ローマ時代の聖人？　やっていることは聖人とは似つかわしくないね。例の大将（鷲尾）の事件でも暗躍していたそうじゃないか。蜂の一刺し、椎名メモが鷲尾逮捕の決定打だったと俺は見ている。大将にとっては蜂どころか、獅子身中の虫だったに違いない。だいたい、逆算してみろよ。この件で一番得したのは誰だった？　秘書部長兼広報部長から一躍社長にのしあがったバル……百合の謀略じゃないのか？」

「それは単なる憶測よね。証拠はあるの？　立証責任はあなたの方にあるのよ。まったくもう、ブンヤあがりらしくない。ファクツ（facts）、事実に基づかない流言蜚語《りゅうげんひご》に惑わされてはだめよ」

「ニーチェがこう言っている。事実というものは存在しない。存在するのは解釈だけだ。

真実は作られる。歴史は勝者によってつくられる。人は信じたいものを信じる。見たいものを見る、ってね。勝者は当然百合だよな。好き勝手に歴史をつくったんじゃないのか?」

「まさか。アンドレ・ジッドは『真実を探している者を信じよ。真実を見つけた者は疑え』って言ってるわ。わたしにとっての真実はたった一つ。真実を探している捜査当局に話した通りよ。一刺しどころか五針はサシてやったの。去年、最高裁で元ボスの実刑判決も確定したし、会社の解体、再編も済んだ。さわりだけ話してもいいわよ」

椎名百合が東京地検特捜部にサシた五刺しとはこんな内容だった。

一、粉飾決算＝二〇〇九年三月期決算で利益を水増しし、本当は赤字なのに黒字に装っていた疑い
二、インサイダー取引＝ＭＪＨがテレビ局買収に関して、自社が経営するビジネス新報の報道を事前に知り、株を買っていたという疑惑
三、脱税＝鷲尾の個人資産をタックス・ヘイブン（租税回避地）に登記したペーパーカンパニーに移し、違法に税務処理した疑い。マネーロンダリング（資

金洗浄）の可能性も
四、犯人蔵匿《ぞうとく》＝顧問弁護士に脱税容疑で逮捕状が出ているにもかかわらず、海外逃亡を手助けしたうえで、逃亡した容疑者と取引していた
五、セクハラ・パワハラ＝社内の優越的な地位を悪用して、女子社員と不適切な交友を持った

立件されたのは利益をかさ上げしていた粉飾決算だった。まず、経理担当取締役が逮捕される。焦点は鷲尾がどの程度関与していたのかだった。取締役の自供に加えて、両者のやりとりを記録していた椎名メモが証拠として採用されたことが大きい。

もう一つは椎名の録音だった。逮捕状が出て香港やシンガポールに潜伏していた元顧問弁護士と、テレビ局に対するTOBなどで協働していたことを椎名が暴く。決定的なのは、彼の極秘帰国スケジュールをつかんだことだ。元顧問弁護士は空港で逮捕され、鷲尾は犯人蔵匿の罪を問われる。

残る三つは不発弾だった。インサイダーや脱税は証拠が固まりきらず、起訴にこぎつけ

られない。セクハラ・パワハラも社員が告発することなく、沙汰やみになった。

証券取引法違反と犯人蔵匿の容疑で逮捕、起訴されたベンチャーの旗手は、ＭＪＨの経営から一切身を引く。会社の不正で株価が急落して腹に据えかねた株主が代表訴訟を準備していて、会社は切り売りせざるを得ない。主力のネット関連事業や投資ファンドはそれぞれ同業に安値で売却した。

残る新聞やネットニュース配信部門をどうするか。そこで浮上したのがＭＢＯ、つまり経営陣による買収である。音頭を取ったのは当時の椎名取締役だ。大山胖らにも声をかけ、一部は国内の投資ファンドに出資を仰ぐ。椎名は社長に就任するや、矢継ぎ早に改革案を繰り出す。まず、編集組織の抜本改革だ。独自の調査報道を担うＡ班と通常のニュース報道を担当するＢ班に分けた。勤務形態も給与体系もまったく違う。ほどなく、社内ではメジャーリーグとマイナーリーグと呼ばれるようになる。ウェブによるニュース配信を強化し、有料の独自メールマガジンを創設した。人員を大幅に減らし、不要不急の経費は削りに削る。ようやく黒字に転じた二〇一五年、最高裁で鷲尾の実刑が確定した。

胖は、有能で辣腕で情報通の椎名百合には敵わない。「ＭＪＨの一件は有料メルマガには最適な裏話だな。ディテールを花井に書かせよう。もう一つ、大将がリーマン・ショック後に浪華電産の買収を目論んでいた件はどうだ？」とさらにネタを引き出しにかかる。

「海外の投資ファンドとコンドル・パートナーズが五％ずつ買い占めていたようね」

「またぞろ、コンドルが飛んでいたのか。しかし、株の買い増しが急に止まった印象がある。どこかから圧力がかかったのか？　浪華の背後にいる政治家とか政府関係者とか？」

「それはないでしょう。やっぱり、捜査の手が身辺に及んでいる空気を感じとって守りに入ったんじゃないかな。コンドルのロジャーズと頻繁に電話でやり取りしていた。浪華の買い増しはやめて、コンドルに売却するような策謀を小耳に挟んだ」

胖の脈略のない強引な取材で、どうやら陰謀の正体がおぼろげながら浮かび上がってきた。鷲尾のＭＪＨが買い占めた浪華株をコンドルが買い上げる。コンドルと台湾のファンドが取得した株は、最終的な黒子であるタイペイ電機工業に渡る。「よし、シナリオは読めた。この件も天童と花井に取材させよう」と胖はほくそ笑む。その後、元気玉コンビは、蜂の五刺しの内幕記事や、台湾勢への株売却をめぐるスキームを暴露していく。特ダネを抜かれた打ち返しに、一矢報いた。ニュースバリューははるかに地味だったが。

元麻布のバーでは、アイリッシュウイスキーが五杯目に入った。酒豪のセシリアはブランデーに宗旨替えしている。百合の開放的な襟ぐりにちらちら目をやりながら胖は不適切な妄想を隠さない。バルザックの「谷間の百合」に登場するヒロイン・アンリエットの胸元に魅了されてしまったフェリックスのように。

「百合はセシリアというよりも、同じ二世紀ごろ、中国の三国時代にいた絶世の美女貂蝉《ちょうせん》だな。もしや鷲尾にセクハラされた恨みでもあるのか？」

「ノーコメント。あなたの発言も卑猥な目つきもセクハラよね。なんてデリカシーがないんでしょう。ゲスの勘繰りね。でも許すわ。中国四大美人にたとえられた審美眼に敬意を表して」

◇

胖の叔母・佐多松子と、諭の祖父・草壁俊英が、西方浄土から子孫の掛け合いを聞いている。隔世の感を抱きながらこんな会話を交わす。

松子「エムアンドエーだのアクティビストだの、ちんぷんかんぷんよ」

俊英「我々大正生まれで昭和の経営者から見ると異次元の話だ。まあ、多様な株主の経営改善策に耳を傾けるのはいいことかもしれん。二〇二三年に経済産業省が『企業買収における行動指針』を公表した。買収対象になった企業の取締役会は、真摯な買収提案には真摯に検討すべきだと定めた。その影響からか、二〇二四年夏に日本のセブン&アイ・ホールディングスがカナダの同業からTOBをかけられて、対応に苦慮しとる。創業家が買収による株式非公開化を提案した。買収されるのか、非公開化か、自主再建か、混沌としてきた。日本製鉄がアメリカのUSスチールを買収しようとしたが、二〇〇五年一月に大統領が買収中止命令を出した。政権交代後に買収の根幹が変容しそうで、国際政治に翻弄されている。前年末にホンダと日産がいったん経営統合に向けて合意書を交わしたのも、裏に台湾の鴻海《ホンハイ》精密工業が買収の触手を伸ばしていた動きがあったようだ。蝶の羽ばたきが世界の別の場所に大きな影響を及ぼす、バタフライエフェクトだね」

松子「チョウチョだか、トンボだか知らないけど、小難しい話はコリゴリよ。でもね、蜂の五刺しは痛快だわ〜。ロッキード事件で元首相の女性秘書が一撃を加えた天誅、ハチの一刺しを彷彿《ほうふつ》とさせるわ。この際、是非とも椎名百合さんにはセシリアの称号を与えましょうよ」

俊英「彼女は鷲尾の悪辣《あくらつ》さをもっともよく知る立場にいたからね。しかし、トップが逮捕されたら社員やその家族の立つ瀬がない」

松子「それにしても中国古代の美人ってなんだかみんな儚《はかな》いのね」

俊英「中国の四大美人の一人貂蝉《ちょうせん》は、董卓《とうたく》に一家皆殺しにされたから、復讐を誓って董卓の愛妾になった。董卓の親衛隊長呂布《りょふ》に近づいて呂布が董卓を誅殺《ちゅうさつ》した」

松子「貂蝉が百合、董卓が鷲尾、呂布を捜査機関に役を振り分けると符合するわね。ところで四大美人のあとの三人は誰でしたっけ？」

俊英「楊貴妃と西施《せいし》と王昭君《おうしょうくん》だよ。楊貴妃は玄宗皇帝と浮名を流して唐の国を傾けた。絶世の美女西施は臥薪嘗胆《がしんしょうたん》で有名な呉越の争いに登場する。西施を呉王夫差《ふさ》のもとに送ったことが奏功して越王勾践《こうせん》の復讐が成功する。匈奴《きょうど》の単于《ぜんう》に降嫁した王昭君の墓の周りだけは草が生えないんだ。殷滅亡の原因になった妲己《だっき》も、有蘇氏《ゆうそ》が献上した褒姒《ほうじ》もまた、周滅亡の原因となった」

松子「美人にお詳しいのね。まさに王朝滅亡の陰に美女あり。椎名百合と同じね」

俊英「まだあるぞ。傾城傾国の美人って漢書に出てくる。『北方に佳人あり　絶世にして独り立ち、一たび顧みれば人の城を傾け　再び顧みれば人の国を傾く』こう詠われた李夫人は武帝の寵愛を受けたんだ」

松子「絶世の美女か希代の悪女か。歴史にどう詠われたら幸せなんでしょうね」

俊英「楊貴妃は両方かもしれない。中国が世界帝国になった唐の時代、白居易は長恨歌《ちょうごんか》で楊貴妃を『後宮の佳麗三千人　三千の寵愛一身に在り』と詠った。歴史小説作家の陳舜臣は『小説十八史略』で、豊満、グラマー、頭の回転が速いって形容している。椎名百合もそういうタイプかもしれない」

松子「楊貴妃は華清の温泉で、浴を賜う。つまりその夜寵愛を受けたのね。長恨歌は『温泉水滑らかにして凝脂《ぎょうし》を洗う』って書いているから、きっとなめらかでつやのある肌だったのね。うらやましいわ」

俊英「しかし、玄宗が楊貴妃に惑溺《わくでき》したのと、彼女の親戚を重用したのが原因で安禄山の乱を招いた。全盛の唐を光から闇へと向かわせる傾国の端緒《たんしょ》をつくった美女という貌《かお》も否定できない」

第3章

アンとアンネ

～母娘、青春と蹉跌《さてつ》　二〇二一年

プリンス・エドワード島の逍遥《しょうよう》

二〇二二年六月十五日、カナダのプリンス・エドワード島。緑の木々に囲まれた道を佐伯智美（二六）は母の幸子と話しながら「恋人の小径」をそぞろ歩く。二人が読みふけったモンゴメリの「赤毛のアン」の故地を訪う《おとな》センチメンタル・ジャーニーだ。「若いころは村岡花子さんの翻訳に恋していたのよ。今こうして本のまんまの世界に来てみて、リンゴの花とかキンポウゲの香りをかげるなんて」と幸子の声が若やぐ。

モンゴメリは、出身地のプリンス・エドワード島で赤毛のアンシリーズを書き綴った。作者は人生の曲がり角のむこうでは教職を辞めて大学に進学する。物語のなかのアンは教師生活の先にギルバートと結婚して家庭を持つ。六人の子供を育てながら、母として「生きている使徒書簡」を書いて子どもたちを育てる。読書家アンにふさわしい土地を訪れる旅路が最後に語られる。幸福な家庭人として生きていく。

民事専門の弁護士になりたてのほやほやである智美は、大山諭《さとる》たちのまた従兄妹だ。「小股の切れ上がった」とでも形容したくなるような容姿。いかにも気の強そうな所作。穿《うが》った見方をすれば、ときおりどことなく翳《かげ》りのある表情をするのが謎めいている。すらりとした脚に花柄のプリーツスカート。気分はすっかりお姫さまだ。

先月初めに智美は幸子とこんな押し問答を交わしていた。

「お母さん、諭君のところへ行こうよ。フィラデルフィアのロースクールに留学しているんでしょう？　そこなら赤毛のアンのプリンス・エドワード島はすぐ近くよ」

「でも、あなた、諭君だって都合があるでしょう？　子どももいるし、ニューヨークの法曹試験だってあるし」

「諭君、幸か不幸か、七月のNYバー（ニューヨーク州司法試験）を受けそこなっちゃたみたい。書類の不備か何かで。それに行けるのは今しかないの！」。智美に軍配は上がった。いつものように。こうしてちゃっかりと佐伯母娘は、諭と妻の明日香、悠真を誘い出し、ともに森の中を散策している。

「これがアンたちが歩いた恋人の小径ね。この曲がり角の先にも小径が続いている。そして道には、いつも曲がり角があるのね。その先には何があるんでしょう。若いわたしにはもっともっと長い道や曲がり角があるはずね。アンは曲がり角の向こうに何があるか知りたくない、知らない方が素敵だって言っている。同感ね」

「わたしは人生の小径の七合目ぐらいは進んできちゃったから、先は見えているようなものね。だけどまだ、素敵な景色が広がっているはず。登りたい山もあるし、何よりも賢一とあなたの行く末。夢しかないわね」

「お兄ちゃんはわたしと違って無粋だから連れてこなくてよかった。アンはこの径をギルバートと、親しい友ならではの心地よい沈黙のうちに、ゆっくり歩いていったのよね。二人とも言葉を交わそうとしなかった」

「わたしたちと大違いね」。小説で、ギルバートは、いつかアンに好かれるようになるだろうかと心のなかで自問していた。続編でこんなシーンもあった。二人を王と王女になぞらえて、曲がりゆく小径をたどり、希望と追憶をふくんだ風がそよ吹く、懐かしい草地を越えて歩いていった。佐伯母娘は、小径を歩きながら、アンとギルバートが木陰からひょっこり顔を出しそうな思いを共有していた。

傍目《はため》には、平安時代の貝合わせみたいに息ぴったりにも、また、割れ鍋《わなべ》に綴じ蓋《とぶた》並みに平仄《ひょうそく》があっているかのような空気感さえ漂う。それとも、イスカのくちばしよろしく微妙にかみ合わないのか。似たもの同士なのか、空似なのか、容易に判定しづらい。

曲がり角の先に、松ぼっくりを投げ合う諭と悠真がいた。走り回り、拾った松の小枝で松ぼっくりを打ち返す二人には情趣も感興もない。恋人の小径が泣いている。

佐伯母娘と諭、明日香、悠真の五人はアメリカ建国の地フィラデルフィアからカナダのプリンス・エドワード島に飛んできた。家族の写真や動画をグループチャットを使って続々とアップする。グループには日本にいる諭の両親と、諭の弟たちとその妻が入っていた。たとえば銅像の間に立って議論中の悠真と明日香、モンゴメリの墓、赤毛のアンの家。日本にいる胖《ゆたか》が「赤毛のアンはどっち似?」と問う。幸子は「おしゃべりなところは、わたしと智美、明日香、ユウちゃんを含め、四人そっくり」と答える。炯眼すぎて胖は返信を控えた。

その夜、赤毛のアンシリーズを手に智美が幸子に話し出す。

「アンってスペンサーおばさんに、舌は真んなかが喉にくっついているって言われたのよね。わたし、最初に読んだときは舌が喉にくっついたら、しゃべれないじゃない、って疑問だった」

「そうね。舌の真んなかが喉にくっついていて、舌の先が前と後ろに二つある。だから、人の二倍ぺらぺらしゃべるっていう意味かしら。ちょうど智美みたいに」

「何よ。おしゃべりの遺伝子は母親譲りじゃないの？」と無邪気そうに言った刹那、智美は幸子の表情にふと影がさしたように思えた。ごく一瞬だけ表情が変わったようだったが、勘違いかなと、智美はすぐに考えを撤回した。一方で幸子は、あなたのおしゃべりはわたしの遺伝子じゃ……と喉まで出かかった告白を、亡き夫によって止められたように感じていた。長年一緒に暮らした親子だからこそ、愛ある秘密がある。数秒の沈黙を打ち破ったのは、群生する花々の芳香だった。二人は同時にすぅ〜と深く香りを吸い込み、そのタイミングの良さに大声で笑いあった。

智美はおしゃべりをやめない。「お母さんは美人タイプなのに、私ってかわい子ちゃんタイプでしょ？　髪もちょっと縮れているし。外見はお母さんに似たかったな。それに寡黙

なお父さんの遺伝子がもっと濃ければよかったのにね」。幸子の複雑な表情を意に留めず
「そもそも、小さいころはそれほどしゃべらなかったんでしょう、わたしって?」と訊く。

「そうね。言葉は遅かったわね。何を考えているのかしら、大丈夫かなって心配だった。賢一は言葉も早かったし」

「わたしと違って頭脳明晰、お利口だった、でしょ! お父さんも、梅檀《せんだん》は双葉《ふたば》より芳しとかって、褒めちぎっていた。その点わたしは、いつもできのいい兄貴に比較されて、ちょっと見下されていたように感じていた。わたしの立場にもなってよ。それって公平じゃないし、合理的でもない。妥当性に欠けると言わざるをえないわ。歳が二つ違うんだから当たり前じゃない。マー君(諭の末弟の聖《まさし》)も同じことをぼやいていたっけ。幼いころいつも兄と比べられてへこんでいたって。わかるわ〜」

ああ言えばこう言う、全く口が減らない智美に、幸子は「それだけじゃないわ。アンって、へんてこな事件を起こす名人でしょ? それも智美そっくり」と話の矛先を変えてみる。

「それってへんてこな事件の方から自然に寄ってくる、生まれつきの才能なのよ。アンの

言う通り。わたしも妙な事件が寄ってくる。アンと同じかもね。わたしの天賦《てんぷ》の才？」

「弁護士稼業で医療にまつわる事件になんて巻き込まれないでね。誤診で高校生が亡くなったって新聞やテレビで報道されているじゃない」

まるで他人ごとのように「アンの青春」を繰っていた智美が口を開く。幸子の話を遮る名人の面目躍如だ。「ギルバートがこう言うの。『偉人たちがつみあげてきた人間の英知に少しでも貢献したい、僕より前に生きた人たちが多くのことをなしとげてくれた、その感謝の気持ちを、後世の人たちのために尽くしたい』って。アンは、人生に美しいものを加えたい、わたしが生れていなかったら、決して味わえなかったさりげない喜びや幸せを人に感じてほしい、と答える。やっぱりアンは生まれながらに光の子ね。わたしみたいに」。これにはさすがの幸子も突っ込みようがなく口をあんぐり開けたままだった。

そのわずかな会話の隙間に今度は明日香が参戦してくる。「この子や（眠りこけている悠真を眼差しで追いながら）、これから生まれてくる人たちのために少しでも助けになって、道筋を作ってあげたい。小径だって大きな価値があるわ。曲がりくねった人生の小径で迷子になりかけたら、たった一歩でも歩きやすくしてあげなきゃね」。母となった明日香の視線の先を追い、幸子は慈顔《じがん》をほころばす。

数秒の沈黙。タイミングよく大縄跳びに飛びこんでいく子どものように、諭が得意げに話し出す。「ジム船長がアンに言うんだ。『偉大な白く輝く光を抜けて、この世の海図には載っていない海の上をゆく』って。小径どころか、無限の可能性に挑んで大海に漕ぎ出す海の男のロマンだよ」。旅の前に本を拾い読みしてきたらしい。ところが、せっかくの予習もストライクゾーンを大きく外れてしまう。

「何が男のロマンよ。あちこちアメリカ中を旅しすぎて、うっかりニューヨーク州の司法試験を受けそこなっちゃたのはだあれ？　まるで航海に出たジム船長が海図を読み間違えて迷子になったみたい。後悔先に立たずって、よく言ったもんだわ」と明日香が洒落のめす。「あれは単なる手続きのミスだった。次は大丈夫だよ」と諭は頭をかく。

ところが、大丈夫ではなかったことがそののち発覚する。書類の不備が祟った二〇二二年七月だけでなく、二〇二三年二月は自らの失念で二球目も見逃し。その都度、胖から「何をやっているんだ」と憤懣のメールが届く。アメリカに遊びに来てもくどくどと怒涛のお小言。「お義父さん、あまり厳しく責めないでください。諭君が一番へこんでいますから」と明日香が陰でフォローしていてくれていたことを諭は知ることになる。そしてようやく三球目で試験を受けて、本来の留学の目的を達成するのは二〇二三年七月の帰国寸前だった。日本に帰ってから合格の通知を受け取り、かろうじて三振はまぬがれるが、それは後の話。

舞台は二〇二二年六月のプリンス・エドワード島の国立公園に戻る。降り注ぐ陽光を真っ青な海が負けじと照り返す。ケンジントン駅、フレンチリバー……物珍しい風景が旅情を醸し出す。

六月十八日、ちょっとしたサプライズがあった。フィラデルフィアまでの飛行機がキャンセルとなったのだ。「欠便? こんなにいい天気なのに。ありえない」。智美はおかんむりだ。「むしろラッキーだよ。もう一日いられるんだから」となだめる諭に、「ま、いいか」と悠真が決め台詞。勿怪《もっけ》の幸い、天の配剤とばかりに一行はモントリオール・ノートルダム聖堂を巡り歩く。

モントリオール裁判所前で、目を手で隠す諭と智美の写真。グループチャットの写真を見て「なんでこんなポーズなの?」と、今度は日本から諭の母のぞみが問う。すかさずなりたての弁護士がこう解説する。「日本の裁判所に置いてある『法の女神テミス』の像の恰好をしました。本当は片手に平衡を表す天秤、もう片方に正邪を断ずる剣を持っているんです。きょうは天秤も剣も持ちあわせていないので、法の下での平等を実現しようと目隠ししました」

「納得。でも、ユウちゃん、なんで蓑虫みたいになっているの？」と、のぞみが再び突っ込みを入れる。「現地は激寒。防寒具を忘れたので、ありったけの衣類を着せた。六月だと思って油断した」と、諭が返す。

おしゃべりの遺伝子と文学夜話

その夜、智美は幸子に薦められて高校時代に読んだ「アンネの日記」を思い出していた。「おしゃべり屋」という題で作文を書いたアンネ。おしゃべりは女性の特性であって、できるだけ慎むように努力することは努力するけれど、おそらくこの癖は決して治らないだろう。というのも、うちの母も、ひょっとするとわたし以上におしゃべりだから、遺伝はどうすることもできない――こんな文章に智美は「わたしたちと同じね」と幸子に笑いかける。

フランクフルトでドイツ系ユダヤ人家族の次女として生を受けたアンネ・フランク。一九三三年、ナチスの迫害を逃れオランダのアムステルダムに移り住む。第二次世界大戦中は隠れ家生活を余儀なくされても、めげずに日記を綴る。明日を信じて。「わたしの望みは、死んでからもなお生きつづけること！」「きっと世の中のため、人類のために働いてみせます」と書いたアンネは一九四四年、収容所で十五歳の短すぎる生涯を閉じた。八十年近くの光陰が流れても、彼女は大勢の人々の胸中で生き続けている。

幸子は「遺伝」のワードを耳にするたびにどぎまぎしてしまう。束の間、心のなかで二人の幸子が口論するかのように、こんな思いが去来する。「おしゃべりの形質は相似形だけれど、遺伝形質によるものかどうか」「たしかにおしゃべりの系譜は智美に受け継がれたけれど、それは長じるにつれて獲得した形質よ。厳密にいえば、智美とは血のつなが

り が……」「黙って！　今は到底言えない」

そんな幸子の錯綜した葛藤などどこ吹く風と智美は「赤毛のアンもアンネもおしゃべり好きだけど、キャサリンも同じよね」と、おしゃべり列伝の枝葉を広げていく。

その刹那、妄念から離脱した幸子は「エミリー・ブロンテの『嵐が丘』に登場するキャサリンね。舌は動きっぱなしだし、元気旺盛のいたずら好きだったわね」と思う。イギリスの荒涼としたヨークシャーにある二つの家で、三代にわたって繰り広げられる愛憎、悲恋、復讐の物語に思いを馳せる。「ヒースクリフが、亡くなったキャサリンにこう言うの。亡霊になって、おれのところに出てくるがいい。いつもそばにいてくれ。どんな姿形でもいいって」。幸子は何度、この文脈を反芻したか想い出せないほどだ。三年前に夫を亡くしてから、キャサリンとヒースクリフに役どころを変えて。

「エミリーの姉のシャーロット・ブロンテの『ジェーン・エア』も難しかったけど印象的ね。ジェーンは宇宙の母と自然のほかには、ただ一人の血縁もない、寄るべない不幸な孤児だった。でもある日突然、従兄に出遭って、真実の富、心の富を得た」。こう述懐する智美は、ジェーンほどではないにしても、似たような境遇になりかねなかった自らの生い立ちをまだ知らない。

「シャーロットとエミリーってどんな姉妹だったんでしょうね。姉は知性的、妹はおしゃべりで感激屋」と話題を転換しようとする幸子に、「わたしたちみたいって言いたいんでしょ。従兄の諭君は優秀なのにわたしは気分屋」と智美は頬を膨らます。「それってステレオタイプの思い込み。根拠がない。先入観に基づいた不適切な論理展開と言わざるを得ない」

「はいはい。智美は知性横溢《おういつ》の弁護士ね。働く人や困っている人の味方なんでしょう?」

智美は東京・虎ノ門にある法律事務所に籍を置く。「上司のパワハラには耐えられません」「飲み会には必ず参加しなければダメですか」「長時間働いても残業代が払ってもらえません」といった身につまされる相談がひきも切らない。こじれると法廷に立つが、そのたびに企業側の横暴や弱い立場の従業員への情のなさにあきれてしまう。相次ぐ企業の不祥事を目の当たりにするにつけ、企業風土が蝕まれていると感じざるをえない。帰国したらまた裁判所や小菅(東京拘置所)に通う毎日が待っている。

諭の妻・明日香は新進気鋭のデザイナーだ。国立の芸術大学卒業後にフリーの服飾デザイナーとして活動している。立ち位置の違う智美と、なぜか気が合う。末っ子同士の気安さなのか、趣味が似通っているせいなのか。この夜も話が弾む。

「明日香さん、ディケンズの『荒涼館《こうりょうかん》』読んだ？　主人公のエスターが、なんだか難しい裁判に巻き込まれるの」

「エスターって、たしか孤児だったわよね？　ジェーン・エアと同じように」

「でもヒロインは対照的ね。エスターが本当のお母さんの言葉で覚えているのは『おまえはおかあさんの恥でした』だけだった。暗澹《あんたん》たる気分になっちゃうわよ」

「不幸な娘《こ》ね。小難しい法廷の話ばかりで読むのに四苦八苦した。トモちゃんは詳しい？」

「十九世紀のイギリスだから、コモン・ロー（普通法）だの、大法官裁判所だの、なじみのない法体系になっているの。だけど、要は誰が遺言に記された信託財産を相続するかって問題。結局、余るほどの資産はすべて裁判の費用に使われてなくなってしまう」

「まあ、ひどい。弁護士だけ儲かったってことじゃない。そういえば物語のなかに幽霊の小径が出てきた。赤毛のアンが歩いた恋人の小径と対照的よね」

「エスターは最後は幸せな結婚をして、荒涼館の女主人になるのよ。なんたって善良な美人だから」

プリンス・エドワード島からフィラデルフィアに戻った翌日はアメリカ建国の足跡を追う。独立宣言と憲法の宣言が署名された独立記念館で二百数十年の歴史を学ぶ。映画「ロッキー」でシルヴェスター・スタローンがトレーニングのために駆け上がったフィラデルフィア美術館の階段で、両腕を突き上げたポーズで写真に収まる。

悠真が寝静まった深夜、「フィラデルフィアって『若草物語』を書いたオルコットが生まれたところよね。四姉妹はキャラクターがそれぞれ違っていて面白い」と幸子が文学談義の続編に若い女性二人を誘《いざな》う。

ワイングラスを傾けながら智美が口火を切る。「お母さんがよく言っていたよね。長女のメグは美人で、次女のジョーはおてんば娘。カササギのように騒がしい。わたしみたいにって」

おしゃべりでは同類の幸子も若いころ、失敗ばかりやらかすジョーに感情移入したものだ。「ああ、この舌、このにくらしい舌！　わたしはどうしてこの舌をおさえることができないんだろう？　いつか恐ろしいことをしでかして、人生を台無しにしてしまって、みんなに憎まれるようになるんじゃないかしら。ああママ、助けて！」と悲憤慷慨《ひふんこうがい》するジョーにシンパシーを感じる。

「でも、お母さんは四姉妹のお母さん、マーチ夫人とは大違いよ」と智美は一刀両断だ。

マーチ夫人はジョーに向かって「あなたは自分みたいに怒りっぽい人は世の中にはいないと思っているんでしょう。でも、わたしだってあなたにそっくりだったのよ。四十年かかってなんとか直そうと努力して、やっと少し抑えられるようになっただけなの」と諭す。もともとの資質がそっくりだったマーチ夫人とジョー。外野からは、幸子と智美の母娘と相似形と映るのかもしれない。

ジョーが「ママはどうやって黙っていられるようになったの？」と聞くと、マーチ夫人は「わたしのやさしいママが力になってくれたのよ」と明かす。三代の女子の相伝だった。

幸子と智美のやり取りを聞いていた明日香は「わたしもジョーと同じかな。ジョーは独立心や自尊心が強すぎて、自分の弱みを他人に打ち明けることができなかった。小学校のころって出る杭は打たれるじゃない？　目立ちすぎると仲間外れにされたりして、だんだん自己主張しなくなる」と自らの過去に重ねて打ち明ける。

「今からは想像できないわね。いつから変身したの？」と智美は首を傾げる。「思い切って同じような目にあっていた友達や母に相談してみたの。口に出すと、たいしたことじゃないと思えてくるでしょう？　それで心に鎧《よろい》をまとうことにしたの。わたしは彼らみたいなことは絶対にしない、わたしはわたしの道をゆくってね。独立自尊よ。いったん自分に論理だてて納得させると、見える景色が違ってくるのね」。そして明日香は数々の苦境を乗り越え、いまや母として成長の道を歩む。

若草物語の続編では、長女のメグが結婚・出産し、ジョーは物語を書き続けながら一家の長として姉妹の面倒をみる。明日香は、幼少期はジョーというより、三女のベスみたいだった。はずかしがりやで引っ込み思案のかわいいハツカネズミ。それがいつしかジョーになっていった。所作だけでなく家庭環境からか性格も変わっていく。

明日香は膨らんだお腹をさすりながら「秋に生まれてくる二人目は女の子なの。なんだか四女のエイミーになりそうな予感がするわ。好き嫌いが激しく気取りやさんの白雪姫。お兄ちゃんの真似をして背伸びする強気な女」と予言する。果たして実現するのか、感性豊かで個性的な若草物語の四姉妹の人格が誰に投影するのか。フィラデルフィア夜話の行く末は見通せない。

「明日香さんも母になって楽しみや苦労がわかったでしょ？　一家を支える女丈夫と言えばママ・ジョードの右に出るものはいないわね。スタイン・ベックの『怒りの葡萄』のおっかあは芯が強い大黒柱なの」。英米文学を専攻した幸子の面目躍如だ。

ときは大恐慌時代の一九三〇年代。米国中西部オクラホマ州を激しい砂嵐が襲い、大銀行に土地を奪われた農民たちは、新天地カリフォルニアへ二千マイルの旅に出る。ジョード一家の苦難は熾烈を極めた。しかし、決してへこたれない。大黒柱は朽ちない。

「ママ・ジョードの決断と意志の強さは男たちを奮い立たせるのよ。言葉で」と幸子は記憶の前頭前野を駆使して「名言集」を口にする――ほんとうに生きている民は、あたしたちなんだ。あいつらが、あたしたちを根絶やしにすることなんかできない。生きつづけるのは、あたしたちなんだから。だからしぶといんじゃないか。お金持ちは現れては死ぬ。お金持ちの子供は能なしで、死に絶える。でもね、あたしたちはとこしえに現われるんだ。

一路西へ向かう飢えたひとびとの目には、つのる怒りがあった。その心の奥底で、「憤恚《いきどおり》のぶどうがあふれんばかりに、たわわに実り、ずっしりと育って、刈り収めの季《とき》を迎えようとしていた」。怒りの葡萄を垣間見たママ・ジョードは男たちを怒らせ、奮い立たせる。「ガツンと食らわせて怒ったら、立ち直るんだよ。いまに見ろって思ってる。だからだいじょうぶなのさ」。男たちはおっかあの掌の上で踊り、二千マイルの旅路を全うする。ちょうど、諭が明日香の掌の上で気づかないままに奮い立たされ、自動操縦されているように。

ママ・ジョードは、男の一生は切れ切れの短い線路みたいなものだと喝破《かっぱ》する。生死や、畑を持つ、畑をなくすことが一本の線路。女にとっては、ぜんぶが一つの流れだ。逆巻く渦や小さな滝があっても、水は流れ、川は流れ続け、滅びない。「病気になったり、死んだりすることですら、まわりのものをしぶとくし、強くする。その日、一日を、なんとか生きようとする」というおっかあの生命力は並みの男には敵わない。ちょうど、幸子が夫と死別してからくじけずにスイッチが入って、賢一と智美を育てあげたように、大黒柱は太く勁《つよ》くなり、果実をたわわに実らせる。

「ジョード一家がカンザスの男と出遭うシーンがあるの。オズの魔法使いの舞台ね。同じように竜巻に巻き込まれて、ドロシーは愛犬トトと一緒に吹き飛ばされてしまう」と、幸子はライマン・フランク・ボームが一九〇〇年に著した著作に話題を変える。

オズの魔法使いに脳みそをもらったかかし、心臓をもらったブリキのきこり、勇気をもらったライオン。最後にドロシーは三人の仲間たちと別れて、エム叔母さんのいる家に帰っていく。「やっぱり、家庭が一番なのね」。明日香は脳みそと心臓と勇気をもらった愛児たちが家庭を大切にするさまを希《こいねが》う。

◇

諭の祖父母世代が天空から北米で繰り広げられる絵巻物を鳥瞰《ちょうかん》している。諭の祖母・大山美智子と、その姉の佐多松子が英米文学談義に余念がない。

松子「少女時代、若草物語を一緒に読んだわね。アメリカ南北戦争中の小説だったから、太平洋戦争中のあたしたちの境遇としては対岸の火事には感じられなかった。あんた、小さいころはベスそっくりだったのよ。はずかしがりやで引っ込み思案、かわいいハツカネズミ。ところがどう？　結婚して子どもを産んだとたん、『炉辺荘のアン』の主人公みたいになった。母として『生きている使徒書簡』

を書いて子どもたちを育てて、抱負を持って努力する意欲的なアンと一緒よ」

美智子「おねえちゃんはジョーで決まりね。自立心たっぷりのおてんば娘。小説家をめざしていたし。独身で通したのって、ジョーの影響？」

松子「失礼ね。あたしだって女よ。戦時中に慶応野球部のヒデちゃんに憧れていて、光る君って呼んでときめいていたの。戦後はあんたたちを食べさせるために裁縫の腕一本で稼いでいたんだから。小説家の夢はとうにあきらめたけどね。とうていジョーにはなれないまま、百歳近くまで生きちゃった。あんたはベスみたいに若くして儚《はかな》くなって。四十歳でしょ？　あたしが代わってやりたかったよ」

美智子「人生からの退場は早すぎたわね。息子たちは小中学生だった。夫（立志《たつし》）が北海道に単身赴任したから、おねえちゃんが子どもたちを育ててくれた。ありがと」

松子「『怒りの葡萄』のママ・ジョードとまではいかなかったけどね。あたしは暢気《のんき》なたちだから、ママ・ジョードが言うように、その日、一日を、なんとか生きようとしてきただけさ。あんたは一日に二日分も生きちゃったから、四十年で八十年分生きたってことだね」

第4章

民事と親権

～智美の試練と葛藤《かっとう》　二〇二四年

「今週いっぱいは無料の法律相談を担当してもらう。特に専門分野の労働、ハラスメント、派遣の待遇、未払い賃金などは全面的に任す」。二〇二四年四月、佐伯智美は虎ノ門の法律事務所で新たな役を割り当てられた。入所三年目。通常の担当に加え、守備範囲が広がる。秋には結婚を控え、彼女の気合は充溢《じゅういつ》していた。

この事務所は経営側よりも、働く側、迫害を受けている弱い立場の人から全幅の信頼を勝ち得てきた。人権派の範疇《はんちゅう》に入る弁護士を多く抱える。あえて標榜《ひょうぼう》してはいないが、智美もそんな一人だ。

ハラスメントあり親権問題あり

「リーン、リーン」。さっそく若い女性からハラスメントを訴える電話が智美に入る。A子さんはある流通関係の会社で経理業務を担当している。二十八歳。「二人目の子の出産が近いので休業したい」と会社に伝えたところ、職場の上司が「え、また妊娠したの？決算期が近いから休まれると困るんだよね。もう少し延ばせないかな」と不満げな顔で迫る。「たしかに休めば同僚に負担が増すのはわかります。でも、妊娠の大事な時期なんです。無事に我が子を産み、育てるには休業は譲れません」と答えると、「ほかの人を雇うしかないかな」と暗に退職をほのめかされた。

「A子さんの立場は理解できます。そもそも育児休業の申出や取得を理由にして、解雇するとか不利益な扱いを受けることは法で禁じられています。ほかの人を雇う、つまりあなたを解雇やパートタイム、非正規雇用社員にするといった労働契約内容の変更を意図しているなら大問題です。また妊娠したの、とか、不快に感じる言動も散見されますね」智美はこう言ってから関係法令の概要を縷々《るる》説明した。さらにA子に問う。

智美：何か聞きたいことはありますか？

A子：わたし、いったい、どうすればいいの？

智美：上司ともう一度話し合ってみてはいかがでしょう。令和元（二〇一九）年に、職場におけるハラスメントを防止するために、責務規定が定められました。不利益な取り扱いに該当した場合は法律違反となります。加えて、ハラスメント防止措置も法律上要求されているので、そこの構築義務もあるわけです。必要な法令や対処法をのちほどメールで送ります。上司の理解が不足していると思われますので、十分に認識してもらわないと、被害が蔓延しかねません。その結果をまた連絡してください。

A子：そうします。ある管理職の男性が育休を取ろうと申し出たら、次の昇進に響くぞと露骨にプレッシャーをかけられたとこぼしていました。わたし一人の問題じゃないんですね。

再び鳴る電話の音。今度は男性だ。飲食店の厨房に立つB氏はどうにも合点がいかない。今年に入って手取り額が減っているのだ。気になって給与の明細表やタイムカードを調べてみると、愕然とした。残業時間が過少に算出されているうえ、通勤手当の項目がなくなっている。

智美：所定時間外労働に対する未払い賃金があれば、明らかに労働基準法違反です。詳しい資料を送ってください。それに、同意を得ずに通勤手当をやめることも法を犯します。会社と交わした労働契約や就業規則も見せてください。ところで、会社から事前に通勤手当を廃止すると通告を受けましたか？

B氏：いや、寝耳に水です。やっぱり、おかしいですよね。いくら経営が厳しいからって一方的に給料を減らすなんて。うちは組合がないから、どうしたらいいか……。

智美：労働の対価として賃金を得るのは働く人の基本的な権利です。事業主はきちんと支払う義務があります。Bさんのケースは労基法違反が十分に疑われますから、会社に未払い分を支払うように請求しましょう。必要書類を持って事務所にお越しください。

B氏：来週、伺います。おカネはかかるんですか？

智美：相談だけなら一回は無償です。ただし、会社を相手取って損害賠償の訴訟を起こすことになれば応分の費用はいただきます。

四月十二日、新橋のイタリアンレストランで智美は同僚の酒井圭子と夕食をとっていた。酒井は離婚や相続が専門分野だ。この日もフル稼働で、ドロドロした愛憎や訴訟沙汰の面会に走り回ってきた。智美は、親子関係や親権などについて、圭子に法律相談してもいいような境遇だったかもしれないが、この時点では顕在意識に現れていない。

圭子：あー、疲れた。やってられないわよ。クライアントの主張だと、DV（ドメスティックバイオレンス）男……仮にDって呼ぶわね。そのDが離婚のときに面会交流の条件を決めたのに、それ以上の頻度で子どもに会わせろってうるさいのよ。さんざん暴力を振るわれた奥さんは夫の顔も見たくない。当然でしょ？

智美：そのD、まさか子どもまで虐待しているわけじゃないんでしょうね？

圭子：直接の暴力はない。でも言動はきつくなったりするみたい。まぁ、あれだけ妻に暴力を振るっている人間だからね。とんでもない奴ばかり見ていると気が滅入るわよ。

智美：そういえば、昨日、共同親権の導入が決まったみたいね。テレビで報道していたわ。専門家として酒井さんはどう思う？　わたしは疑問なんだけど。

圭子：衆院法務委員会が民法改正案を可決したわね。目玉はもちろん共同親権。今までは父母のどちらか一人しか親権者にはなれなかったけど、施行されれば両方が親権を持つこともできるようになる。わたしは反対だけどね。

智美：離婚した父母が協議して双方が親権者となるか、一方だけにするかを決められるようになるのよね。でも夫婦仲がクラッシュしているのに、協議なんて成り立つのかしら。

圭子：何組も破綻した夫婦を見てきた経験から言うと、そんなおめでたいケースはほとんどない。共同親権に同意する監護親はいないと思うなぁ。さっきの例じゃないけど、共同親権になったら子どももっと会えるって思っている人が多いみたいなのよね。でも共同親権になったからといって面会交流が非監護親の希望通りになるわけじゃないからね。そもそも面会交流って子どものための制度であって、非監護親の権利じゃないのに。勘違いしている人が多すぎるのよ。

智美：共同親権の主旨は、片方の親だけじゃなく、両方の親と接した方が子どもが健全に育つという観点から導入するのでしょう？　離婚しても親子関係は終わらせないことが子どもの利益につながると考えられているようね。そもそも本当に子どもが父または母に会いたいかどうかがポイントじゃない？

圭子：その重要な視点が欠けているような気がするわね。もっともDのように、DVとか虐待の恐れがあれば、裁判所が単独親権にしなければならないってことになると思う。そもそもDVとか虐待の立証ってすごく難しいのよ。よく家庭裁判所に行くけど、毎日、膨大な訴訟を抱えている。面会交流を求める調停申し立てだけでも年間一万件を超えているんですって。

智美：共同親権も父母の話し合いで合意できなければ家裁の判断を仰ぐんでしょう？十分で妥当な判断ができるかどうか心配だわ。

圭子：そうね。あ、もうこんな時間。そろそろ退散しようか。今夜は旦那が早く帰って、子どもたちの夕食を作る当番なの。でも、寝かしつけはわたしのルーティン。

智美：やさしい旦那さんでよかったわね。

四月末。木々の緑が爽やかなその日、智美は小菅の東京拘置所を訪ねた。刑事被告人を収容する施設としては日本最大級であり、無機質な十二階建の灰色の外壁が晴れやかな青空と対照的だ。智美は半年前から担当する、八十四歳のC元教師の接見に訪れた。C氏は三月末に自家用車を運転中、暴走し、歩道にいた高校生をはねてしまい、一人は死亡、もう一人は重傷だった。茫然として車内でうなだれるC氏は自動車運転処罰法違反の疑いで現行犯逮捕された。警視庁の調べによると、C氏はアクセルとブレーキを踏み間違えて事故を起こしたとして起訴されている。ワイドショーで事件とは無関係なことまで取りあげられ、担当する智美も心穏やかではない日々を過ごしてきた。

この日、憔悴し切った元教師とは三回目の接見だった。当初は、車の不具合を示唆していたものの、自動車メーカーによる精緻な検証を経て、同型車に一切異常はないことが実証された。高齢なことから認知症を疑う所見がないかどうか、医療面からの検査も進んでいる。

智美：Cさん、来週から裁判が始まります。弁護方針について確認します。まず、車に異常があったのではないかという主張は認められないと思います。アクセルとブレーキの踏み間違えを率直に認めて、ご遺族への謝罪と反省の言葉を述べる方が結果的に量刑は軽くなる可能性があります。

C氏：それしかないですかな。ブレーキを踏んだつもりだったんですが、事故のあと記憶がすっかり飛んでしまって、自信がありません。専門家が丹念に調べて出した結論を受け入れざるをえませんかね。

智美：わたしも自動車メーカーの研究所に行って説明を受けました。ライバルメーカーやディーラー、大学教授にも話を聞いたんです。でも、メーカー側の過失を合理的に疑うような立証材料は見つかりません。やはり情状で争う方が得策かと思われます。ところで健康面では問題ありませんか？

C氏：わたしも年ですし、長々と裁判に耐えきれる体力と気力があるかどうか。医者の見立てでは、認知症を疑うような明白な症状は出ていないということでした。

智美：ご家族も心配なさっていました。ご子息は「お父さん、車の運転はやめて、免許を返納して」って口を酸っぱくして勧めていたと言っていました。

C氏：そうなんです。三、四年前からね。最初、息子とは口喧嘩ばかりです。でも、このところ高齢者の事故が増えているので、来月の誕生日で免許が切れるのをきっかけに返納しようと考えていた矢先でした。

智美：それは残念です。今の言葉を反省の弁のなかに入れてください。過失運転致死傷の刑罰は、七年以下の懲役、禁錮、または百万円以下の罰金ですが、情状により刑を軽くできる可能性はあります。わたしと一緒に証言の論点を整理していきましょう。

智美は、大事な子どもの命を悲惨な事故で奪われてしまった遺族が厳しい罰を望んでいることをC氏に伝えなかった。さらにSNSでC氏に対する誹謗中傷が拡散されていることも。どこの小学校で教壇に立っていたのかという個人情報がネット上にさらされ、その小学校の児童や卒業生に動揺が走っていることも。息子の家にペンキで心ない落書きが後を絶たないことも。そして息子の家族が引っ越しを余儀なくされそうなことも。

依頼人とその家族のために、いったい何ができるのだろう。無力感と焦燥感が智美の心を苛《さいな》み、拘置所から小菅駅に向かう足取りは重かった。もしかしたら法律家の見地から息子一家の一助になることができるかもしれない。たとえばSNSの悪意ある発信源を突き止めて名誉棄損罪や侮辱罪で訴えを起こす。たとえば特定の個人を識別できることを理由に、プライバシーの侵害で個人情報保護法に抵触するとして改善命令を出す。たとえば家に防犯カメラを設置して落書きの現場を録画して器物損壊罪や建造物等損壊罪に問う――。

「ネガティブな感情をエネルギーに転換する」。それが智美の真骨頂だ。さっそくスマホを取り出し、C氏の息子宅に連絡した。

世の中の理不尽さに果敢に挑む智美は、ハラスメントに悩むA子の上司に育休を認めさせ、いやがらせをしないという言質《げんち》を取った。B氏への未払い賃金や通勤手当を支払うと会社側に確約させた。もちろん、労基法違反を盾に訴訟を起こす構えをちらつかせて。一方、交通事故を起こしたC元教師は日に日に改悛の色が濃くなっている。そこで智美は自らの非を認め、遺族に謝罪と反省の意を伝えるという弁護方針を決めた。SNSの誹謗中傷や息子宅の落書きへの法的措置に乗り出すことはなかった。しかし智美は釈然としていない。「これが本当に依頼人にとってベストな選択だったのかしら」と思い悩む自分がいる。

「そんなに悪くない」父の金言

反骨精神やエネルギー転換の裏ワザは智美が学生時代から培ってきた武器の一つだ。「天下のあがり症」を自負するだけあって本番に滅法弱い。高校受験は安全圏だと油断していた第一志望に落ち、大学も第二志望に。なんで失敗ばかりするの？　半ば自暴自棄、半ば現実逃避。

いつもはアドバイスらしいことをしない父の賢策が、高校卒業を控えた智美に静かに言葉を伝えた。「失敗の話をそれだけ話せるっていうことは、智美がちゃんと現実を理解している証拠だよ。そんなに悪くない」。賢策の一言が智美のどんよりした心象を陰から光に変える。メンタルの切り替えのスイッチを手に入れた瞬間だった。智美が失敗して愚痴を並び立てるたびに、寡黙だった父は丁寧に聞いてくれた。不安や悩み、懊悩や挫折の道に迷い込んだとき、かならず賢策の金言を想い起こす。「そんなに悪くない」

海のように広い度量を持つ父の言葉は智美の人生の羅針盤となって、受験や仕事上でのしくじりのたびに彼女を救う。「そんなに悪くない」が娘世代を介して孫の世代まで三世代伝承し、「ま、いいか」のドンマイ精神に昇華していく。しかし、賢策のこの時の「そんなに悪くない」がよもや遺言になってしまうとは。運命の神さまはどれだけ智美に試練を与え、葛藤の坩堝《るつぼ》に投げ込めば気が済むのだろうか。

◇

大山胖《ゆたか》の父・立志《たつし》と岳父・草壁俊英が、ちまたの世相や風潮、時代の移り変わりを垣間見て、一驚《いっきょう》を喫《きっ》している。

俊英「ハラスメント？　コンプライアンス？　レピュテーション？　ピーティエスディ？　いったいこのカタカナの嵐はどこから吹いてきたんだ？　不可解にもほどがある」

立志「大正末から昭和初期に生まれた我々には、なじみがないですね。簡単に言うと、順にいやがらせ、法令遵守、評判、ＰＴＳＤは心的外傷後ストレス障害を意味するそうです。ハラスメントにもパワハラ、セクハラ、モラハラ、カスハラ、マタハラとか、種類がたくさんあります。心の病による労災認定が毎年最多を更新しています。ほかにも、ジェンダー平等とかダイバーシティ（多様性）、サステナブル（持続可能性）、ポリティカル・コレクトネス（政治的妥当性）、ガバナンス（企業統治）、ＬＧＢＴＱ（性的少数者の総称）などなど。現代人はいろいろとリーガルマインドが必要なようです」

俊英「どれ一つとっても正しいのだろう。でもね、我々には戦後の焼け野原から日本を一等国に押し上げたという矜持《きょうじ》がある。野球の練習ではしょっちゅうケツバットを食らったし、炎天下でも水を飲ませてもらえない。土木建築の現場で殴り合いは日常茶飯事だった。バブル崩壊から、失われた三十年とかいって、日本国や日本人は何もしなかった。見たくないものには目をつぶり、足踏みして立ちすくむ。右顧左眄《うこさべん》して思考停止、金縛りにあったみたいに行動しない。これがややこしくて息苦しい世の中にしているんじゃないのか」

立志「息子の胖が『不適切にもほどがある！』というTBSのドラマを観て我が意を得たりっていう顔をしていました。昭和は煙草も自由だし、ハラスメントという言葉もSNSもなかったって。昔はカラッとした喧嘩だったのが、隠花植物みたいに陰湿ななじりあいになってきた、と嘆くことしきりでした」

俊英「規範も倫理も、法律だって変わった。『日本株式会社』の蹉跌とも言える。過去の成功体験の軛から逃れられない。内向きで外を見ない。無責任に非をあげつらうのは容易《たやす》い。ちょっとしたミスを互いに暴きあって内輪で諍《いさか》いを起こす。何にでも文句をつけるクレーマーが大増殖している。まさに自縄自縛《じじょうじばく》だ。ストレスで雁字搦《がんじがら》めの社会は悲劇を生む」

立志「そのせいでしょうか、不祥事は後を絶ちません。中古車屋と損保会社のなれ合いや、自動車メーカーの認証不正、有名タレント事務所の創業者の性加害、金融庁に出向していた裁判官や東京証券取引所職員のインサイダー取引疑惑とか枚挙にいとまがありません。政治資金疑惑で首相が退陣して、十月の総選挙で与党が大敗を喫しました。民意が鉄槌をくだした。実に小気味いい。でも、いったい、この国はどこへ向かおうとしているのでしょうか」

俊英「未来がどうなるかわからないから、人の世は面白いんじゃないか。昭和の時代だって無茶な戦争をし、公害を垂れ流し、汚職や贈収賄は後を絶たなかった。過去の失敗を何とかして令和に活かす手立てはあるはずだ」

立志「昭和はダメですか?」

俊英「昭和は昭和でいい。令和は令和でいいんだ。ポイントは諭たちや悠真たちの世代に、内村鑑三のいう『後世への最大遺物』をどうやって遺すかなんだ。一つの鍵は俺の好きな寛恕《かんじょ》の精神、寛容さだ。悠真の殺し文句『ま、いいか。ドンマイ』はいいねえ。『寛容になりましょう』ってTVドラマ『不適切にもほどがある！』で歌っていたじゃないか。あのドラマを観て踊り出したい気分になったよ」

立志「そのドラマ、二〇二四年の新語・流行語大賞の年間大賞に選ばれましたね。『不適切にもほどがある！』を略して『ふてほど』と言うんですって。そのニュースを観て諭ファミリーが躍り出していました」

俊英「そういえば、来年は昭和百年なんだな。その百年を三分の一ずつに分けると、最初は恐慌と戦争と戦後の復興、次は繁栄と高成長と安定成長、残る三分の一は失われた三十年から令和の幕開けというわけだ」

立志「二十年刻みにすると、昭和二十年は終戦の年、四十年はいざなぎ景気の始まった年、六十年は先進各国によるプラザ合意で円高不況になると危惧された年でした。昭和八十年に当たる平成十七年はロンドンのテロ、鳥インフルエンザ……IT企業によるテレビ局買収騒動もこの年でした」

俊英「来年は戦後八十年でもある。光陰矢の如しだな。唐の詩人・李白は『天地は万物

松尾芭蕉は『月日は百代の過客《かきゃく》にして、行き交ふ年もまた旅人なり』と詠じている。孫や曾孫たちには、素敵な光陰の過客になってほしいね」

第5章

会社の栄枯盛衰

～荒波と浮沈　二〇一〇年～

戦前から潜望鏡や顕微鏡、望遠鏡、フィルムカメラといった光学機器を祖業としてきた芝浦光学機械は、デジタルカメラ、パソコン・プリンター・複写機、家電、医療用機器、半導体とその事業の翼を六つに広げ、六角形を意味する「ヘクサゴン経営」が代名詞だった。多角形はときに八角形にもなり、その辺の長さや角度を変じる。

さながら日本産業史の栄枯盛衰をなぞるような道のりとも言えそうだ。フィルム写真で言えばポジとネガ、光と陰の連続だった。潜望鏡やレーダーなど軍需関連の装備品で財を成す。戦後は軍需から撤退して民生品に軸足を移す。高度経済成長の波に乗って製品ラインナップを広げ、売り上げを伸ばしていく。ところが一九九〇年からのバブル崩壊の荒波に、さしもの伝統産業も青息吐息。浮沈が続く。世界市場で五〇%のシェアを獲得していた日本の半導体産業は徐々に世界のメインプレーヤーの座を奪われていく。おまけに中国や台湾、韓国の追い上げで白物家電やパソコン、カメラからの撤退や縮小も避けられない。

業績は悪化の一途をたどる。無理がたたったのか、赤字に落ち込む。極めつけは不正会計が露顕したことだった。海外でのM&Aを隠れ蓑にして赤字を隠蔽したことが週刊誌にすっぱ抜かれた。弱り目に祟り目。存分に物言う株主、いわゆるアクティビストから経営改革を迫られる。経営は右往左往し、行く先が定まらない。携帯電話やデジタルカメラなど、そのときどきのヒット商品でなんとか危機を乗り切ったかと思えた折も折、二〇〇八年秋にリーマン・ショックが襲い、時代の波に翻弄された小舟のように大海をさまよう。テクノロジーの急進展も影響を及ぼす。スマートフォンの登場で二〇一〇年代前半からデジタルカメラ、日本独自の携帯電話であるガラ携も絶滅危惧種となっていく。

大山諭《さとる》の高校野球部時代のチームメイト塚田駿平が芝浦光学機械に入社したのは、そんなころだった。彼は大学でも野球を続け、二〇一〇年春、社会人野球の名門の扉を叩く。「歴史と伝統ある会社をもっと大きくしたい、社会人野球で優勝したい」。会社発祥の光学事業部門に配属され、夕方からは練習に精出す毎日。充実していた。

入社五年目。今度は財テクに失敗した会社が損失を隠し、不正に会計処理していたことが明るみに出て、さっそく監理銘柄に指定される。有価証券報告書に嘘の記載をしたとして上場廃止基準に触れる可能性が出てきたと名指しされたのだ。株価は急落、過去一世紀近くにわたって先輩諸氏が築き上げてきた社会的な信用、評判は再び失墜してしまう。

「来年、野球部が休部するらしい。事実上の廃部だな。俺の部署も売り飛ばされるっていう噂だ」塚田が諭に打ち明けたのは二〇一九年の秋だった。

「光学って会社発祥の事業だったよな。それは辛いな」と受けつつも、芝浦光学機械の会社三分割が検討されていることを諭は知っていた。MAL法律事務所が担当し、諭もチームの末端で芝浦光学の資産査定、デューデリジェンス（DD）に関わっていた。先輩弁護士やファイナンシャルアドバイザーから事業の再生、縮小、売却などの仕分けに関する情報も仄聞《そくぶん》している。

芝浦光学は、どんな絵図を描いていたのだろうか。「ヘクサゴン」ともいわれ、事業は多岐に渡る。成長が見込める分野もあれば収益力が著しく損なわれた事業も少なくない。そこで浮かんできたのが次の三分割案だった。

①半導体と再生可能エネルギーを軸とした発電部門、インフラ関連、医療機器

②家電や複写機、パソコン、プリンター、携帯電話
③顕微鏡などの光学機器、カメラ

このうち①は収益性と戦略性、成長性の高い事業として本体に残す。②と③は事業の縮小、もしくは売却を視野に置く。その売却で得た資金で借金を返す。一見、合理的なようだが、「ヒト」の観点が見事に欠落している。リストラ対象となるのか、それとも買収した会社が雇用を保証してくれるのか。当然、労働組合は猛反発する。物言う株主も黙っていない。事業の改革に甲論乙駁《こうろんおつばく》。経営陣はあたふたと揺らぎ、三分割案も揺れ動く。

そのころ、のちにフィラデルフィアのロースクールで一緒になる山本隆はライバルである新橋西法律事務所で、とあるミッションを受けていた。「家電や複写機、パソコン、プリンターを取りにいこう」という事務所の戦略は明白だ。アメリカの投資ファンドと組んで②の事業を根こそぎ安く買い叩く。③に興味はない。ただし、国内で過半のシェアを握り、利益率の高い内視鏡と、将来伸びしろのある医療機器も手に入れたい。②にどう内視鏡を含む医療関連を取り込むか、買収後にどこに売却するか。いくつものシミュレーションを繰り返す。

好敵手、M&A末端での闘い

二〇一三年、大山諭は早稲田のロースクールを終え、福岡で司法修習生をしていた。「中洲に繰り出そうぜ」。気安く声をかけてきた御仁がいる。それが山本隆との出逢いだった。京大を出て一橋のロースクールを経て同じ弁護士志望だとか。なぜか馬が合った。「この馬刺し、バリ、うめえな。おい、もっと呑め」。酒豪の山本は焼酎を生《き》のままドボドボ注ぐ。「バリって何だ?」「英語で言えばヴェリーだな」。博多弁をすっかりマスターしている。最後は屋台で博多名物とんこつラーメンをかきこみ、下宿に転がり込む。週末にはこの二人が音頭を取って男女五、六人で九州各地の観光地ツアーを組む。裁判官志望の東大出の才媛やら、地方の国立大から東京地検特捜部の検事を志す朴訥《ぼくとつ》な秀才やら多士済々だ。いずれ彼らの人生の交差点で好敵手としてまみえることになるに違いない。たとえば、数年後に諭と山本がM&A案件をめぐって対峙するように。だが、名所旧跡で冗談を交わし合う彼らは、この時点でそんな行く末に思いは及ばない。

司法修習から六年後。諭と山本は芝浦光学機械のM&Aをめぐり、互いに知らぬままに敵陣営の末端でそれぞれ一翼を担っている。ヘクサゴン経営は六角形から、いびつな不等辺三角形になろうとしていた。最も長い辺は半導体やエネルギー、次に長い辺は家電やパソコン、短い辺は光学・科学部門。他社とアライアンス（連合）を組むか自力再生か——。

そんななか、山本は大学同窓で何社かの社外取締役を務めている恩師三谷に相談に赴く。三谷は金融機関のトップなどを歴任してきた企業経営の猛者《もさ》だ。のっけから「株主価値を最大化して時価総額を上げていく必要がある。一株当たりの利益が重要な指標になる。それには企業価値が毀損しないうちに早く買収することだ」とまくしたてる。

「三谷さん、芝浦がDD（資産査定）で本当に洗いざらい開示しているのか疑問です。パソコンの利益率や在庫の数字をごまかしているのではないかとさえ感じます」

「ごまかしやミスがないか、財務、税務の専門家と一緒に徹底的に追究すべきだ。表明保証を取っているんだろう?」。うなずく山本に三谷は二の矢を放つ。「財務や法務に関する事項に虚偽がないことを表明させておけば、事後に違反が分かった場合は損害を補償する義務を負わなければならない。その誤謬《ごびゅう》をついて買収価格を下げる手もある」

「パソコンと携帯電話は資産を少なく見積もれるでしょう。むしろ、内視鏡やＭＲＩ（磁気共鳴画像装置）を中核とした医療部門を取り込むべきではありませんか？」

「そうなると買収額は跳ね上がるぞ。しかも、木に竹を接《つ》いだような筋が通らない会社だと相乗効果が見込めない。そもそもアメリカのファンドの意向はどうなんだ？」

「乗ったとしても医療部門と家電、パソコンなどは別々の会社に転売するか、合併させることを考えそうですね。でも、利益率が高い内視鏡は捨てがたい」

　ここで、三谷は三案を繰り出す。Ａ案は現状、Ｂ案は現状プラス内視鏡、Ｃ案は現状に内視鏡を含む医療事業を飲み込むシナリオだ。「代替案はいつでもポケットに持っていた方がいい。それと、買収した後の着地点をにらんでおけ。経営改革、事業の再編はもちろんだが、買ったあと企業価値をどう高めていくのか、転売か、他社との統合を目指すのか」

「わかりました。ファンドの描く着地点を確認しておきます」と言う山本に、三谷はこう結ぶ。「社会的なレピュテーション、世間の評判や信用、風評に日本ではことさら目配りしなければならない。原子力事業は国や役所が黙っていない。日本社会全体で、名門企業が外資の軍門に下ることを潔しとしない風潮はまだ残っている」

恩師の助言を肝に銘じ、山本はその夜、ファンドの担当者に国際電話をかけた。しかし辛辣で容赦ない返答の嵐だった。「買収後の着地点？　それは成立してから我々で考える。君たちの使命はリーズナブルな価格でディールを成功させることだ。だいたい、今回の案件で誰が芝浦光学機械の最終責任者なのか、会社として何がしたいのか、全く見えない。いろいろなところに忖度していて調和ばかり図ろうとすると機を失う」

山本は頭を抱え込む。反論の余地はない。それでも三案を事務所の上司を通じて会議にかけてみたところ、どうにか内視鏡を取り込むB案の方向で事業再編を決めるコンペに挑むまでに漕ぎつけた。予選を通過した三チームが参加する決勝戦では新橋西事務所がアメリカの投資ファンドと組んだ案が有力と、新聞は報じていた。

そしてコンペの結果は――

①半導体と発電、インフラ、医療機器事業：経済産業省と民間が半分ずつ出資する国内投資ファンドと組んでMBO（経営陣が参加する買収）。現時点の株価にプレミアムをつけてTOB（株式公開買い付け）を実施。上場廃止も視野に置く。

②家電や複写機、パソコンなど：新橋西が仲介するアメリカのファンドが買収する。

しかし山本が推す内視鏡は含まない。

③光学機器：内視鏡を含めカーブアウト（新会社として分離・独立）。いずれ同業他社と連携を探る。

そもそも、原子力事業を抱える①は、改正外為法で指定されている業種なので外資系にはハードルが高い。②の家電、パソコン、プリンターは開発力・技術力を魅力に感じる台湾などのメーカーにとっては垂涎《すいぜん》の的だ。不採算の商品群を整理して付加価値を高めれば、より高値での売却も夢ではない。では、③の光学事業になぜ内視鏡が紛れ込んだのか。どうやら裏で別の企業との連携を画策していたようだ。

山本にとっては大逆転負けだった。内視鏡を取り込めなかったのは痛恨の極みだ。しかし、顕微鏡や望遠鏡と、医療の現場で使う内視鏡は相乗効果を見込めそうにない。初めから出来レースだったのか？　役所や企業のエスタブリッシュメントのレピュテーションを気にしたのか、玉虫色の決着は三方一両得どころか、三方一両損になりかねない。

対する諭は不完全燃焼ぎみだった。税務や経理の専門家と、事業仕分け、個々のマーケットシェアや将来への潜在力を見極め、資産と負債を明らかにしていく。しかし、財務諸表に表れない非財務情報がつかみ切れない。皆目見当がつかないのは「ヒト」の力、人財力だ。この会社の源泉にある研磨力、精密な組み立てに携わる優秀な技能者はどんどん職場を離れていく。多くは中国や台湾の会社に引き抜かれ、匠《たくみ》の伝承は目詰まりしている。開発者は一本釣りで引き抜かれてしまう。そうこうしているうちに、諭はフィラデルフィアのロースクールへの留学準備に忙殺され、芝浦案件にはほとんど参加できなくなった。

リストラの苦渋と悲哀

「芝浦光学機械野球部、年内に休部」。スポーツ紙にこんな見出しが躍ったのは二〇一九年の年の瀬だった。入社してから外野手として活躍していた塚田は、覚悟していたとはいえショックを禁じえない。部内でのミーティング、各選手のヒアリングを続け、出処進退を仕分けしなければならない。一部の有力選手には他チームへの移籍に手を尽くす。野球をあきらめて職場に専念する部員も多い。俎板《まないた》の上に載ったかのような塚田自身は、光学事業部門の雇用確保を求める嘆願書を野球部内と職場でまとめて経営側に差し出すことぐらいしかできない。蟷螂《とうろう》の斧《おの》とはわかってはいる。それでも各職場に燎原《りょうげん》の火のように広がる、事業存続を願う従業員の声を労組が集約して社長との団体交渉にまで発展した。

　こうして二〇二〇年四月一日、芝浦光学機械の光学事業部門が本体から分離・独立して新会社「相模光学機械」が産声をあげた。塚田は人事労務部の一員として新しい人事制度や労務管理の役目を担っている。といっても給与水準や福利厚生の劣化は否めない。社員に得心させるのは、やるせない任務だ。就業時間が終わると、一升瓶とつまみを手に工場の現場を回る。

「塚田も大変だなあ。俺は旋盤を回すしか能がないから。この会社の礎を築いた光学の仕事がなくならなくてよかったよ。来年、定年をここで迎えられれば本望だ」。ベテランの職人、通称寅さんが塚田の肩を叩く。自分の仕事に誇りを持っているんだなと、ほっこりしながら、そのプライドを傷つけてはならないと塚田は心に刻んだ。

「日本科研と相模光学機械が合併へ」。東京政経新聞が特ダネをすっぱ抜いた。二〇二〇年末のことだった。記事は対等合併と報じてはいる。規模の大きい日本科研による救済色が濃いのは明白だ。それは経営統合した二〇二一年四月一日を待つまでもなく露呈した。

社長はもちろん、取締役の大半は日本科研が占める。各部の部長は日本科研、次長が相模光学という、いびつなたすき掛け。新聞報道は日本科研が相模光学との統合条件として内視鏡を含めることを必須とした裏工作を強くほのめかしている。内視鏡というキラーコンテンツを手に入れ、弱点だった病院など医療機関との太いパイプも手に入れた。誰のための合併だったか一目瞭然だ。

新会社でも人事労務部に横滑りした塚田に試練が訪れた。旧相模光学出身者の五％を削減しろという厳命だ。野球部のかつてのチームメイトや工場で酒を酌み交わしたベテラン寅さんらの顔が次々と脳裡に浮かぶ。ぎりぎり相模光学で定年を迎えられそうなのがせめてもの救いだ。花束を手に誇りある勇退を飾る晴れやかな寅さんの温顔が目に浮かぶ。

合併に伴う希望退職に応じてすでに数十人は会社を去っている。人事労務や経理、総務といった間接部門は退職や配置転換で極限まで減らした。そのうえで二十人も人員を減らさなければならないのか。被買収企業の悲哀をまざまざと味わう。捨て鉢になりかけたある日、不屈の精神がむくむくと頭をもたげてきた。フラッシュバックしたのは、高校三年の夏、野球部のチームメイトと交わした誓いだった。

二〇〇五年、十八歳の夏。塚田や諭は高校最後の夏の大会でベンチ入りメンバーの選に漏れてしまう。自らの不甲斐なさを歎き、悔し涙に暮れたあと、肩を抱き合いながらこう誓い合った。「俺たちは負けたわけじゃない。野球はツーアウトからだ。どんなピンチに陥っても最後まであきらめちゃいけない。ノックの嵐、夏場の走り込み、合宿の猛練習を耐え抜いてきたんじゃないか。どこかで大逆転すればいいんだ」

もうひと頑張りだ。真っ黒に日焼けしたあの日のチームメイトの面影が塚田の背中を押す。再就職先を探して協力会社や取引先を訪ね歩く。

「AIが加速度的に普及しようとしています。そうなると半導体がますます活況を呈しますよね。製造ラインになんとか五人お願いできませんか?」。塚田は芝浦光学機械本社の人事部長にかけあう。

一年前、三分割して本体として残った芝浦光学は、半導体、エネルギー、医療の、いわばいいところどりをして経営陣が参加するMBOを実施し、TOBを経て株式の非公開化に踏み切った。物言う株主の排除が狙いと一部で攻撃されたが、半導体やエネルギーなど成長分野に機敏に投資する自由度が経営陣に与えられたと見ることもできる。塚田が目をつけた、旧芝浦光学の製造現場での技術力や匠の技は今も色あせてはいない。

「そうだな。なんとか五人は引き取ろう」。芝浦光学の人事部長は移籍の候補者リストを手に、重い腰を上げてくれた。「十九人までこぎつけた」。フーっと安堵のため息をついたのち、リストラリストの最後にもう一人「塚田駿平」と書き加えた。こうして肩の荷を下ろした塚田の脳裏には、妻と生まれたばかりの子どもの笑顔が浮かぶ。翌朝、人事労務部長に退職候補者リストを提出した。

「塚田、これはないだろう。君は人事労務のエースなんだ。リストから消してくれ」

「仲間の首を切っておいて、自分だけ組織に残るわけにはいきません」

「あの旋盤工の、なんていったっけ？　そうそう、寅さんに辞めてもらったらどうだ。定年まであと三か月なんだし。退職金に色をつけてもいい」

「それはできません。寅さんは相模光学でフィナーレを迎えたいって言っていますし、来月は次女の結婚式を控えています。相模光学のままで出席したいから式の日程を早めたんです。彼のプライドや夢を踏みにじるなんて論外です」

塚田はかねて高校野球部時代の恩師からある誘いを受けていた。選手兼マネージャー兼労務担当として選手の待遇改善に取り組んでくれと、その恩師が経営する四国の独立系野球リーグへの転進を打診されていたのだ。明日を信じていっそ四国へ巡礼してみるか。塚田はそう考えていた。

◇

諭の祖母・美智子と大伯母・佐多松子が、レピュテーションという耳慣れない単語を小耳にはさみ、トンチンカンなやり取りをしている。

美智子「お姉ちゃん、レピュテーションってなぁに?」

松子「評判ってことだってよ。人さまにどう見られるか、穿鑿《せんさく》好きな世間にどう映るかってことかな。会社も人間も同じだね。いったん負のレッテルを貼られたら、なかなか剥がすことができないからね。日本社会って同質性が高いでしょ。

ちょっとばかし尖ったことをすると目立っちゃうし」

美智子「母が口を酸っぱくして言い聞かせていたわね。人さまから後ろ指をさされないように、外聞をはばかるようなことはするなって」

松子「明治の女は口うるさかったわね。円地文子が現代語訳した『源氏物語』にはそんなお小言めいた表現がこれでもかってほどてんこ盛りよ。世間の噂、人の眼、そしり、外聞、人聞き、目引き袖引き、面目、人並み、物笑いの種になるなって」

美智子「平らかで安らか、華やかで平和な平安の宮廷文化も、レピュテーションとやらに雁字搦《がんじがら》めだったってこと？」

松子「他人の行いに瑕《きず》を探し求める世間とも書いている。ここでいう世間は、さだめし宮中での女官の噂話とか、貴公子に嗤《わら》われることを怖れるいじらしい乙女心だろうね」

美智子「母も平安時代の貴族の遺伝子を継いだってこと？」

松子「まさかぁ。千年以上、令和になっても日本人って案外変わっていないのかもしれないよ。戦後、ルース・ベネディクトが『菊と刀』を書いて、日本は恥の文化だって洞察した。あのころはピンとこなかったけど、わかるような気もする。これだって平安時代から千年以上続く伝統なんだって」

美智子「規則を破ることよりも恥をかかないことを優先するってことかな。日本人の精神性って独特なのかしら」

松子「中国にも臥薪嘗胆《がしんしょうたん》の語源になった逸話のなかに『会稽《かいけい》の恥』がある。呉と越が争っていた時代。呉王の夫差に会稽で負けたのが越王の勾践《こうせん》ね。彼は部屋のなかに肝を吊るして、坐臥《ざが》するとき、必ずそれを嘗めたんだってよ。そして、『なんじ、会稽の恥を忘れたのか！』と自らを叱った。肝のにがみが、会稽の恥を思い出させる。薪の上に寝た夫差が『臥薪』、勾践が『嘗胆』というわけ」

美智子「それじゃあ、恥の文化って中国から輸入したのかな」

松子「日本古来の伝統的な精神もあれば、中国から伝わって交じり合った文化もある。今は欧米のレピュテーションが幅をきかせているようね」

第6章

医療と挫折

～草壁夫妻の切歯扼腕《せっしやくわん》　二〇〇五年～

ハムレットかコーディリアか

大山か草壁か、それが問題だ。ハムレットならぬ身の大山家の次男尊《たけし》が人生の切所《せっしょ》に立ったのは志学、十五歳のときだった。母のぞみは草壁家の一人娘だった。「やっと、俺の後継ぎができた」と祖父・俊英は尊の誕生を寿《ことほ》いだ。のぞみも俊英の意思を尊重したいようだが、父・胖《ゆたか》はどうなのか。言動からは真逆の空気が漂う。物心がついてから尊はそのはざまに、振り子のように揺れ動く。祖父と母から他者への思いやりの心を訓育されてきた尊にとって、重い十字架を背負うことになってしまう。

二〇〇五年。俊英が黄泉路《よみじ》へ旅立つ直前に、尊は「草壁家の養子になって、おじいちゃんの跡を継ぎます」と伝えた。右手を上げて満足そうな俊英の慈顔が瞼の裏に焼きついている。しかし、俊英の見舞いに足を運んではいたものの、自身が何もできていない無力さを感じていた尊は俊英が亡くなったとき、「一人でも多くの人の命を救いたい」と医師の道を志した。胖も「お前が決めたんだから信じる道を進め」と得心したように見えた。

絆の本音は違うことに気づかないほど尊の感受性は鈍くはない。父は兄・諭《さとる》に全幅の信頼を置いている。まるでイプセンの「人形の家」で、父が主人公ノーラを「赤ちゃん人形」と呼んで、人形と遊ぶように接していたみたいに、弟・聖《まさし》には何でも大目に見て甘やかしている。それに引きかえ父は、俺には心に隔たりを置いているのではないか――。小説の中でノーラは自我に目覚め、解放された。果たして尊は軛から解放されるのか。

尊はノーラというよりも、シェークスピアの「リア王」で言えばコーディリアを自任している。三人姉妹の末っ子であるコーディリアは、父リア王に真実率直な物言いをして勘気に触れてしまう。王の領土は二人の姉ゴネリルとリーガンが継ぐ。しかし、老いさらばえたリア王は、最後にコーディリアの真心に気づく。「こらえて貰いたい。頼む、何も彼も忘れて、この俺を許してくれ、俺は年寄りで、しかも阿呆なのでな」と。尊は絆との関係をシェークスピアばりの悲劇にはしたくない。父との越えられないルビコン川に臨んで、こんな台詞が心中にこだまする。「どん底などであるものか、自分から『これがどん底だ』と言っていられる間は」。果たしてハムレット尊はコーディリアになれるのだろうか。

尊の試練と切歯扼腕《せっしかくわん》は続く。グキッ。高校一年の夏、バスケ部の練習中、尊は足を痛めた。捻挫かな？　ところが痛みはひかない。足はどんどん膨れあがり、病院に駆け込む。「若木骨折《わかぎこっせつ》だね」と言う医師の冷静な診断に血の気が引く。それからは松葉杖が友達だ。リハビリを含めて数か月を棒に振る。

ちょうどそのころ。十三年後に尊と赤い糸で結ばれることになるかなえは、奇しくも同じ試練を受けていた。高校のバトン部の夏の合宿で脚がパンパンにむくみ、チアーリーディングなのに足が上がらない。整形外科でＭＲＩを受ける。「肉離れだね。血腫もたまっている。部活は当分休みなさい」と命じる先生がメフィストフェレスに見えた。尊と同じく松葉杖のご厄介になったかなえは、高校に入って一年目の夏でうまくなりたい一心だった心が萎《しぼ》む。心も体も踊らない。悔しい。父がビデオカメラを買ってくれたのはそんなときだった。先輩や同期の踊りを撮影する。テレビやネットの動画を教材に研究に勤《いそ》しむ。悔しさと焦燥感をバネに画像の研究でイメージが膨らみ、二か月後にようやくバトン部に復帰した。これぞ怪我の功名。甲斐あって、なんとかいいポジションを任されるまでになった。

医者になってからも体育会系の練習熱心さと負けん気がかなえを救う。耳鼻咽喉科になって初めて、困難な手術の担当医に抜擢された。それまで担当ではなくとも先輩医師の手術を何度も実地に見学し、ビデオに撮って術式を学んだ。テキストのような二次元では十分に理解できない手術も、立体的に視野に収めると世界が変わった。術後、先輩に質問を繰り返して、当日は画像で頭に叩き込んだイメージ通りに手術は成功する。

【光と陰と光】　かなえは二度泣いた。上顎癌《じょうがくがん》患者の担当医になったときのことだ。形成外科の医師とタッグを組んで、難度の高い長時間の手術が若手の医師団に任された。責任は重い。患部を切除、ほかの部位から筋肉を移植して再建手術を施す。術前にビデオの画像と首っ引きで予習した成果が出て、手術は成功した。

「感染と敗血症を起こし血圧も下がっています」。すっかり安堵していたかなえに看護師が告げにきた。もともと放射線治療を受けていたため、抵抗力がむしばまれて感染が全身に回ってしまう。ICU（集中治療室）に担ぎ込まれた患者を診察すると重篤な様子で、よもやと最悪の事態を想定してしまう。それから検査、投薬、治療の毎日。心配する家族の悲し気な表情を見るたびに、かなえは思わずICUの隅で涙を流した。

「大丈夫だよ。君ならできる」。先輩の励ましに鼓舞され、あきらめず治療した。昏睡状態だった患者がなんとか徐々に持ち直していき、話しかけるとだんだん理解できるようになる。ほどなく、話すことができるまでに回復した。「もう大丈夫です。安心してください」。かなえの朗報を福音のように聞いた家族の幸せそうな顔を目にし、かなえは二度泣いた。今度はうれし涙だ。

【陰と陰と陰】むろん悲しい死に直面したことも少なくはない。声帯が麻痺して自力では気管を開けられないその患者は、初めからメンタルが不安定だった。声が出ないのでコミュニケーションも十分に取れず、呼吸もままならない。窒息の恐れがあるため、気管を切開してチューブを通す。小康を保ちいったんは退院し、本格的に声帯を開く手術を二〇二三年末に控えていた。

「ピンポーン」。その前夜、かなえはインターフォンの音を聞いた。こんな真夜中に誰？夫の尊は夜勤のはず。そこではっと目が覚めた。夢見心地が悪い。その翌日「患者さんが亡くなったそうです」と看護師から告げられる。夢を見ていた時間帯に患者が息を引き取ったらしい。「夢のお告げは、明日の手術はなしにして、っていうメッセージだったのかしら」と考え込んでしまう。

「まさか。明日手術なのに。窒息でしょうか？」と問うかなえに、親族は「それがよくわからないんです」と口を濁した。どうやら不審死のようだ。

後日、こんな悲しい顛末を知った。その患者はエリート商社員として海外を駆けめぐっていた。折あしく海外のプロジェクトで成約寸前にしくじりを犯す。上司の落胆と叱責は尋常ではなかった。即座に重要なポストから外され閑職に回される。生き馬の目を抜く商社の世界にあっても過酷すぎる仕打ちに彼が悩んでいるとき、凶事は重なる。職場での口論の最中、暴言を吐いてしまい、会社を辞める。実態は解雇に限りなく近い依願退職。妻との仲もさんざんになり離縁を余儀なくされる。四十代に入ったばかりのことだった。

自負心と矜持をかなぐり捨て精神科を受診すると、うつ病と診断された。しかし、抗うつ剤が眠気を誘い、居眠り運転で電柱に激突。脊髄を損傷し足が不自由になってしまう。それでも不屈の精神で下町の部品会社に再就職した。通勤しやすいように、会社の近くにアパートを借りて車椅子、のちには杖をつきながら通った。じきに職場の信頼を勝ち取り、元一流商社員の才覚を存分に発揮するようになる。定年まであと二年。上顎癌が発覚したのは、やりがいを感じていたその矢先だった。

その患者は未来に夢が描けない。単身なので看取ってくれる人もいない。「話せる相手は先生だけです」とかなえにこぼしていた。なんともやるせない。不甲斐ない。「手を差し伸べることはできなかったか。救うことができたかもしれない」と自らを責め苛む。

警察は事件事故の可能性を疑ったが、そうではない。世を儚《はかな》んでの自殺ではなかったか。そして一週間後、警察から電話があり、「自ら喉のチューブを詰まらせた窒息死のようだ」と知らされたかなえの無力感はいやました。

かなえは精神科から取り寄せたその患者のカルテを手に唇を噛む。負のスパイラル、不幸の連鎖。なんでこの人だけに運命は容赦しないのだろう。「自殺のようね。少なくとも医療事故ではないみたい」と、看護師のひそひそ話が耳に入ってくる。

医療事故？　ここである連想がかなえの乱れた心象に揺さぶりをかけてきた。タケちゃん（夫の尊）の後輩は大丈夫だったかしら。

医療事故？　煩悶と懊悩

かなえが尊と一緒に彼の後輩から聞いたのは、こんな経緯だった。二〇二四年春に大学生が呼吸苦を訴え、尊の後輩が勤める病院の救急外来を受診した。ところが診察を待っている間に呼吸がさらに困難になり意識を失う。そして心肺停止状態となり、「コードブルー」。緊急事態を知らせる呼び出しの発令だ。救急医が駆け付け、心臓マッサージを施しながらストレッチャーで救急室に移す。点滴しアドレナリンを投与。これと並行して経口気管挿管を試みる。気道が塞がっているため外科的気道確保の処置を施す。本来なら輪状甲状靱帯《じょうこうじょうじんたい》を切開すべきだが、患者は肥満していて頸《くび》が短いため、解剖学的オリエンテーション（方向づけ）ができない。急遽、駆けつけた尊の後輩が気管切開術を施行する。しかし一分一秒を争う状況なのに、十分の時間を要してしまい、患者の自己心拍は再開しなかった。家族に病状を説明し看取《みと》る。

「これはおかしい。医療ミスでしょう」と遺族が後輩の病院を相手取り訴訟を起こすと聞いている。近々、院内に倫理委員会を作って調査を始めるらしい。

その後輩は尊の二期後輩の川越医大バスケ部のキャプテンつながりだった。プレーでは尊がおおいに鍛え、飲み会では逆に鍛えられた。酩酊《めいてい》して何度自宅まで救急搬送してもらったか数えきれない。今回の件では担当の三次救急医として患者の死に直面した後輩に、かける言葉もない。

「お前のところに運び込まれてきたときは心肺停止だったんだろう?」と訊く尊に、後輩は「手は尽くしましたが蘇生できませんでした」と肩を落とす。責任の一端を感じている彼に「二度と不手際が起きないように、後輩や研修医の意識レベルを上げるしかないな」とおざなりな助言しかできないことがもどかしい。

尊は後輩の相談に乗っただけではない。医療ミスを疑われるこの事案に、尊のまた従妹にあたる佐伯智美が被害者側の弁護士として担当し、医療機関側には兄・諭の事務所が関わっている。なぜかそれをつかみ遺族に智美を紹介した弟の聖が、取材に参戦してくる。聖はさくらテレビのスポーツ局から報道局に異動したばかりだった。この一件、後輩に加えて兄弟、また従妹と、一族にまたがる一件になっていく。

ドクターヘリの研修から帰宅したとき、尊のスマホが鳴った。「先生、至急、病院に戻ってください。交通事故で重傷を負った患者さんが十分後に着きます」。看護師からだった。自宅で夕食をとろうとしていた尊は車で駆けつけた。弛緩《しかん》ムードからたちまち緊迫のステージにスイッチを入れ替える。アドレナリンが沸き立つ。緊急手術。メスを握る尊は患者の命を救うことしか念頭にない。

救急や外科志望の若手はそれほど多くない。ましてや救急と外科をやろうというのは欲張りすぎていると感じる。妻子がいるとなるとなおさらだ。かなえにはいつも申し訳ない気持ちや感謝の気持ちを持ってはいるが、不器用な尊は直接伝えることをせず度々衝突してしまう。みことの「パパまたお仕事～？　今度いつくるの～？」も心に突き刺さる。救急医と一家の大黒柱という二刀流に苦闘する毎日だが、医師を志したきっかけや理想を忘れたことは片時もない。目標となる医師像に少しでも近づけるように邁進するしかない。

後輩のように同じ道を歩んでくれる人材はつくづく大切だと思う。「お前のところはまるでブラックだな。休みも少ないし急な呼び出しもある。アメリカじゃ考えられない。法律家として過剰労働は看過できない」と諭は呆れ返る。しかしそれが尊の生きる道なのだ。同じ部の先輩は沖縄での研修医で離島を飛び回るうちに過疎地域の医療がどれだけ重要かを知った。そして自ら地域医療の担い手になる道を選んだ。バスケ部から巣立った医者はそれぞれ信念を曲げない。

尊とかなえ夫婦の救世主はみことの存在だ。両親と同様、一歳になるや猛然としゃべり始める。人気キャラクターの大ファン。それがこうじてプリンセスにハマり出す。「シラユキーマンと、シンデルラが、しゅき《好き》」。みことが大真面目に言う。「ん？　白雪姫は女だぞ。白雪男《マン》？　それじゃあ雪男みたいだ」「シンデレラが死んでるラなんて、可哀相よ」。束の間の水入らずの会話に娘が一服の清涼剤をもたらす。夫妻の切歯扼腕もコミュニケーション不足も一瞬のうちに消し飛ぶ。みーちゃんは鎹《かすがい》だね、夫婦はアイコンタクトをとりあう。

◇

尊の祖父であり義父である草壁俊英と大伯母の佐多松子が養子論議を交わしている。

俊英「尊を養子に迎えて立派な後継ぎができた。胖君は不満なようだがね。わたしの地元の英傑・徳川家康を除くと、江戸時代に名君といわれる大名は養子が多い。幕末の四賢侯はその典型だ。越前の松平春嶽《しゅんがく》、宇和島の伊達宗城《むねなり》、土佐の山内容《よう》堂《どう》、薩摩の島津斉彬《なりあきら》はみんな養子だった。幕府側だって十五代徳川慶喜はもとより、会津の松平容保《かたもり》と桑名の松平定敬《さだあき》兄弟もそうだ。戊辰戦争は養子対養子の戦いだと言っていいかもしれない」

松子「なぜかしら。伊達宗城ってあたしの地元の麻布にある仙台藩上屋敷に住んでいて、宇和島藩に養子に出たそうよ。司馬遼太郎が『幕末で活躍した賢侯といわれる大名たちのほとんどが低い分限の家から出た養子であることをおもえば、かれらの大名としての異例な行動力の底には、何か共通した養子心理といったようなものがあるようにおもえる』って書いています。養子大名特有の欲求で善政を施した。タケちゃん（尊）もきっとそうなるわ」

俊英「忠臣蔵も養子大集合の感があるね。高田馬場の決闘で有名な赤穂浪士の堀部安兵衛武庸《たけつね》は堀部弥兵衛の養子だ。対する吉良上野介が息子を養子に出したのが上杉家だった。それが上杉家五代目藩主の綱憲《つなのり》だ。上杉家は後継ぎがなくて、吉良に養子をもらったおかげで家を保つことができた」

松子「上杉も養子の伝承ね。謙信は長尾家から上杉家に養子に行って家督を継いで関東管領になった。豊臣秀吉の五大老の一人になった景勝《かげかつ》だって養子よ。相続争い『御館の乱《おたてのらん》』で景勝は、北条氏からの養子だった景虎を打ち負かす。ここでも養子同士の争いね」

俊英「景勝の最側近で『愛』の兜で名を馳せた直江兼続《かねつぐ》も奇しくも養子だったね。さっきの五代綱憲をはさんで、米沢藩九代藩主で名君の誉れ高い上杉鷹山《ようざん》も養子とくれば、養子でつなぐ上杉家と評してもバチは当たるまい」

松子「荒俣宏の『福翁夢中伝《ふくおうむちゅうでん》』に載っていた福澤諭吉の養子・桃介の独白が秀逸でした。『もう養父には頼らない、独立独歩の痩せ我慢に徹してみせると、決意が固まった』っていうの。痩せ我慢が養子の心意気だって。いなせね」

俊英「この会話を胖君に聞かせたいよ」

第7章

天邪鬼《あまのじゃく》と歴女《れきじょ》

~かなえの変貌　二〇一八年~

天邪鬼。これは自他ともに認める不動の形容詞だった。右向け右で左を向く。保育園の先生に「おはよー」と声をかけられても知らんぷり。運動会で「よーい、どん」と促されると走るのがいやでたまらない。「走って、走って」とせきたてられると、走らないでわざとゆっくり歩く始末。他人から押しつけられたり、納得しないままに、子ども扱いされたりすると横を向いてしまう。かなえはこんな子だった。

三代続く医者の家系。苦学して大学を出た祖父が都内に開業したのは一九七〇年代半ばだった。両親も親族も姉も医師。誰疑うこともなく、かなえも医学部に進むと信じられていた。となると天邪鬼がムクムクと頭をもたげてきたとしても不思議ではない。「決められたレールを歩きたくない。わたしは獣医になる」。動物好きだった彼女は周囲の反対を押し切って獣医学部に進もうとする。しかし、生命科学科だったのでそのままでは獣医になることはできないと知った。

「浪人して医学部を受け直そう」。かなえに天啓をもたらしたのは母親の働く姿だった。

クリニックで仕事を手伝ってみて、懸命に医療に従事する母親に感動すら覚える。疲れ切って家に帰ってくるのも首肯《しゅこう》できた。「母のようになりたい。これが自分の選ぶ道なんだ」。いったんスイッチが入るとわき目をふらない。悩み抜いても挫折しかかっても、自分で出した答えと論理の階段を歩んでいけば決して後悔はない。こうしてかなえは苦手の科目を克服し、二〇一六年加賀医大に入る。

歴史が語る女の生き様と血脈

天邪鬼が歴女に変身したのは永井路子の「流星」を読んでからだった。「それがいけませぬ」「もっと、おとなになさい」織田信長の妹お市はのっけから母や乳母にたしなめられる。小淑女を自認している七歳のお市は憤懣やるかたない。

絶世の美女と喧伝された信長の妹・お市は北近江の浅井長政に嫁ぐ。そこに生まれた淀殿、お初、お江《ごう》――日本でもっとも有名で出色な三姉妹かもしれない。長政が信長に

滅ぼされ、お市は三姉妹を連れて織田家に戻る。その信長も明智光秀の謀反で自刃する。関ケ原、大坂の陣を経て、長女の淀殿は城を枕に誇り高く死を選ぶ。まるで母お市が、その後嫁いだ柴田勝家が秀吉によって北ノ庄城で討滅されたときのように。京極家に嫁いだ次女お初は大坂の陣では外交官の役割を担い、徳川方の阿茶局《あちゃのつぼね》と戦後交渉で渡り合う。徳川二代将軍秀忠の正妻になった末娘お江は三代家光を産む。「女の血は垣根を越えて入りこんでくる」。永井路子は「姫の戦国」でこう綴っている。

……………………

「そうよ！」かなえは我が意を得たりとばかりに膝を打つ。やはり小淑女を気取っていた自らに身を置き換えて。子ども扱いされるのは嫌だった。

二〇一八年、その天邪鬼を、幼児期に何でもイヤイヤと言っていた草壁尊《たけし》と結び付けるのだから運命の糸は不思議な紡ぎ方をするものである。同じ川越医大のバスケ部。つきあううちにバスケに限らず趣味が合うことが分かってくる。その一つが歴史だ。

ある夜、吉祥寺のなじみの焼鳥屋で「女の戦国史は美しさとしなやかさ、それに勁《つよ》さとしぶとさを撚《よ》り合わせた絢爛豪華《けんらんごうか》な絵巻物なのよ」とかなえが語り出す。

二度の落城。小谷城でお市の兄信長が夫長政を滅ぼす。お市が後に嫁いだ北ノ庄城で柴田勝家とともに母を失った浅井三姉妹。その仇ともいうべき秀吉の側室になった淀殿。その姉とは敵対する徳川方について外交交渉にあたった次女お初。三度目の結婚で江戸城に渡った三女お江。三姉妹は乱気流に乗ったかのように光と陰の旅路をあわただしく往来した。はたして時代と運命に翻弄されただけなのだろうか。

「お江は徳川時代を通して浅井と織田の血を遺したの。お初の京極家は家康から若狭八万五千石を与えられた。徳川十五代で唯一正妻の子だった家光にとって浅井長政はおじいちゃんなのね。家光は豊臣の縁者にも禄を賜ったっていうし、女が歴史を紡いだのよ」

と、かなえのボルテージは上がる。

負けず嫌いの尊も負けてはいない。「おやじの受け売りだけど、淀殿が父の浅井長政と祖父の久政を供養するために京都に養源院を建立した。大坂の陣の一年後に、お初が淀殿と秀頼、お市の三人を同じ寺で位牌を祀って供養した。位牌には、娘の菊の紋と、徳川の葵、豊臣の桐の紋があしらわれているそうだよ」とドヤ顔だ。

「加賀医大にいたころ、ＮＨＫ大河ドラマ『真田丸』を観ていたら、大坂の陣で豊臣方に付いて敗れた真田幸村の妻女が伊達政宗の重臣片倉家に嫁いで生きながらえたっていう場面があった」

「そうらしいね。おやじはルーツが伊達藩の足軽なので、関係する本を読み漁っていた。それで真田家の末裔が書いた『真田幸村の系譜』に巡り合って、えらく感心していた」と言って、尊は江戸時代を生き抜いた真田家の血脈を開陳する。

真田幸村は四男九女に恵まれた。大坂の陣で幸村が伊達の先鋒である片倉小十郎重長と激突。長兄の大助は父・幸村とともに戦没する。このあと歴史は不思議な演出をする。幸村は戦場で敵として出遭った小十郎に我が家の命運を託す。次兄の大八や阿梅《おうめ》を小十郎に預け、大八は姓を変えて仙台藩士となる。真田姓を名乗るようになるのはおよそ百年後。阿梅は片倉小十郎の後室となる。仙台藩中興の祖とされる伊達吉村は阿梅の曽孫。幸村の正室・竹林院は関ケ原で没した大谷刑部吉継の娘だった。

真田・大谷という「敗者」の系譜は伊達・片倉を通じて、したたかに生き抜いた。竹林院は大谷吉継の血が伝わることを見届け、幸村の娘たちは父の菩提を弔う。そして武士の時代が終わる江戸時代を生き抜く。

「武士の時代が始まるころ、平家の系譜をめぐる逸話が『宮尾本　平家物語』にあるわよ。壇ノ浦の戦いで清盛の妻・時子とともに入水した安徳天皇が、実は守貞親王と入れ替わっていたの」と、かなえが話を承《う》ける。清盛は孫にあたる安徳天皇によって平家の血筋を皇統に残すことが悲願だった。その後、承久の変など政争が僥倖《ぎょうこう》となって二代ほど平家の血筋は継承されたものの、皇統内の平家は失われた。

対照的なのは、清盛の四男で名将の知盛《とももり》の系譜だ。知盛の三男知宗は元服の際、母の実家である惟宗《これむね》の姓を名乗り、対馬に渡って宗《そう》家を興したという。

「知盛の血は宗家によって幕末まで連綿と続いたんだ」と尊は驚く。

「やっぱり、持つべきものは妻であり、娘であり、嫁の実家なのね。永井路子は戦国の世を女系中心に書きなおすとまったく違った構図が浮かんでくるって書いている。浅井三姉妹は女性の社会システムまで分水嶺を越えさせた、新時代の女の登場なんですって。この時代、女は男にかしずくだけの存在じゃなくて、戦国大名の妻として血脈をつなぎ、外交官や実家のスパイ、ときには名参謀の役割を果たしたの」

そのいい例が小豆《あずき》の袋だった。信長が越前の朝倉義景を攻めたとき、手を組んでいたはずの浅井長政が朝倉につく。お市が小豆を入れた袋の両端をきつく縛って、袋の鼠、挟み撃ちの危機を信長に知らせて兄を窮地から救った。そのあと、信長に倒された浅井長政の娘お江は徳川の二代将軍秀忠に嫁ぐ。そこへ春日局がやってきて三代家光の乳母となる。彼女は信長を滅ぼした明智光秀の家臣斎藤利光の娘だった。

戦国から江戸時代草創期の女子力は、江戸時代や明治以降とは大違いのようだ。かえでは、春日局と山之内一豊の妻・千代、前田利家の妻・お松を、当時の三女傑に挙げる。

「わたし、金沢にいたころ、加賀百万石の半分は芳春院（利家の未亡人・お松）がつくった、事実上の殿様は彼女だ、ってよく聞いた。なにしろ家康と本多正信の謀略で金沢に謀反の風聞が流されたとき、芳春院が人質として江戸に行って、前田家を守ったんだから。思慮深さと才覚に抜きんでた人だったのよ」

「司馬遼太郎の『功名が辻』で有名な山内一豊の妻は、へそくりで分不相応に立派な馬を夫に買わせて、信長の歓心を買った。良妻賢母の見本みたいに言われている。掛川六万石から土佐二十四万石の身上《しんしょう》に持ち上げた。妻はこうあらねば」

「何言っているの。へそくりって、実家から持参した黄金十両でしょ？　ここぞというときに女は勝負するの」

「だからって、勝負服を買いすぎじゃないの？ 一部屋の半分ぐらい衣裳で埋まっている。下駄箱の八割も占拠されているし」。文句を言う尊の面持ちには、へそまがりの真骨頂が浮かぶ。天邪鬼も「あなた、お義父さんみたい（にケチ）だからおカネの使い方を知らない。引っ越し先もいつも失敗よね。この甲州街道沿いのマンションだって、夜は車の音で寝られないし」と後に引かない。和やかに始まったかにみえる戦国女傑談義も、いつもに変わらず文句たれと天邪鬼の応酬に終わってしまう。

文学とドラマと旅路

「13〜14世紀にかけて河越館の一部でした」と書かれた看板を見やりながら、尊、かなえは一歳になるみことと公園を走り回る。川越医大病院に転勤した若夫婦は河越館跡がホームグラウンドだった。塀跡と支柱跡、墓坑《ぼこう》群、井戸の跡が往時の権勢をしのばせる。

「歩いて五分でこんなにいい史跡公園があるなんてラッキーね。タケちゃん、たまには失敗しない引っ越しもあるんだ。ここで源義経の正室が生まれ育ったのよね。NHK大河ドラマの『鎌倉殿の13人』では、なんだか義経に愛されずに平泉で一緒に滅ぶ役回り。静御前に比べると地味で残念ね」

「小学校五年のときおやじと奥州平泉の衣川《ころもがわ》に旅したことがある。義経終焉の地だね。その正室は、河越小太郎に連れられてはるばる義経を慕って身を寄せたそうだ。名前はよくわからない。おやじによると、吉川英治は百合野の君と書いていて、司馬遼太郎は郷、NHK大河ドラマでは萌、宮尾登美子は良子だって。無口で機転が利かず顔の半分は痘痕《あばた》だったらしい」

「でも気立てがやさしく辛抱強かったんでしょ。このあたりでは、京都に嫁に行ったから、京姫って呼ばれているらしいわね」

「衣川ではたしか、北の方って敬われていた。おやじはなにしろ細かいことにこだわるたちなんだ。そんな遺伝子を受け継ぐのはまっぴらごめんだと思ったよ」と苦笑しながらも尊は父との旅行談を懐かしむ。

尊が胖《ゆたか》と二〇〇一年に訪れた東北の旅。長髪だった尊が駅弁を買おうとすると、「おねえちゃん、何がいいべ?」と女の子に間違われる。胖がさんざんからかうと、尊はムッとした。粋がってすき焼き弁当を買ったはいいものの食べきれない。会津で白虎隊の自害した飯盛山を訪れた。この地で同年代の命が……このあとがうまく言葉にできない。都から陸奥への逃避行で義経を助けた金売吉次《かねうりきちじ》の活躍譚を説明した折、父が「お前はカネナシタケジだな」としつこく揶揄し、タケシはまたムッとする。宿題の参考になったのは、ノートに記した河越氏と源家との縁故関係だけだった。頼朝の乳母である比企尼の娘婿が河越太郎重頼＝小太郎の父。比企尼の娘が頼朝の長男・頼家の乳母。いかに濃い姻戚関係だったか、と宿題に書いた。

河越館跡の砂利道で立ち止まると、尊はペットボトルをかなえに手渡して語り出した。
「親戚といえば、木曽義仲の子・義高は鎌倉から逃げ出して、入間川のほとりで非業の最期を遂げた」

ペットボトルを口にしながら、かなえは「宮尾登美子の『平家物語』によると、ただ一騎で上《かみ》ノ道を信濃目指して駆けゆくのを追いかけ、入間河原で馬に水を飲ませようとしているところを捕らえられたそうよ。この前行った狭山の清水八幡宮では木曾清水冠者義高を神様として祀ってあったわね」

「衣川といい入間川といい、冷酷な頼朝の犠牲者は多いね」

「義高の許嫁だった頼朝の長女・大姫の幼い悲恋を思うと……誰とも口をきかず、湯も水も一切の食物は口に入れなくなってしまった。身内の者までも頼朝は誅し、遂に天下を制しはしたが、一族の女性たちにどれほどの幸と喜びを与えたひとだったろうか、って宮尾登美子は書いている」。眉を顰《ひそ》めたかなえは、河越館跡の青い空を見やり、「高校時代にタケちゃんの好きな幕末の英雄をたどる長州の旅にも出かけたのよね？　お義父さんと案外、仲が良かったんじゃないの」と話題を変える。

「そのときはね」と答えて、尊は幕末三傑と三女傑をテーマにした長州旅行記を振り返る。

二〇〇七年、出雲大社の境内遺跡から出土した古代の巨大な柱「宇豆柱《うずばしら》」が展示され

ていた。尊と胖が本殿に入ると、「そこの高校生。短パンはだめ。神さまに不敬じゃろぅ」と尊が呼び止められる。係のおじさんに借りたよれよれの黒いジャージーを穿《は》く尊に「似合わねえなー」と無神経に胖が指さす。感じやすい一七歳はムッとしながらも参詣を終えたあと、念願の長州幕末三傑をめぐる旅路に出た。吉田松陰、高杉晋作、久坂玄瑞。萩の松下村塾や東行庵を訪れ、彼らにまつわる本を買う。地元の郷土史愛好家に奇譚を聴き、熱心にメモを取る。暑いなか自転車で各地を訪れながら茶店で飲んだゆずジュースの味が忘れられない。こうして宿題のネタが集まったおかげで、担任をうならせるほどのできばえだった。が、残念なことに医学部に内部進学できるに足る点数ではなかったと知るのは高校三年が終わるころだった。

「郷土史家の話を参考に幕末の三賢女を挙げてみた。まず高杉晋作のおうの、桂小五郎の幾松《いくまつ》、坂本竜馬のおりょうだな」と尊は鼻を膨らませながら旅路の成果を示す。

芸者おうのは下関で病床の晋作に献身し、没後も菩提を弔う。芸妓幾松は新選組に追われて京都に潜伏していた小五郎をかくまう。おりょうは寺田屋事件で竜馬の窮地を救う。

司馬遼太郎の「竜馬がゆく」は迫真の光景をこう描く。

湯に入ろうとした彼女が捕吏の提灯を見て、素裸で湯殿を飛び出して「獲り方でございます」と知らせ、竜馬は九死に一生を得た。「おりょう、一生だぜ。ついて来いよ」「坂本様、一生ですか」。百人の幕吏が仲人役になったかのように、二人は日本初の新婚旅行に高千穂に出かけ、天逆鉾《あまのさかほこ》を引き抜く。

調子に乗った尊は、おりょうに似た、源義経の挿話まで披露する。兄・頼朝の刺客が襲ってきたとき、同衾《どうきん》していた静御前が、熟睡していた義経の体に鎧を投げかけて窮地から救ったという話だ。あたかも中国三国時代に諸葛孔明が劉備玄徳に「危急存亡の秋《とき》」と報せたように。

尊の独りよがりのモノローグを聞きながら、かなえの心に棲む天邪鬼は黙っていない。

「幕末なら、わたしはお雪と天璋院を推すわね」

かなえの物語が始まった。新選組副長だった土方歳三を慕ってお雪は函館にはるばる来た。薩長軍と熾烈な戦いのすえ、歳三は壮絶な戦死を遂げる。司馬遼太郎の「燃えよ剣」はこう描く。「明治十五年の青葉のころ、函館の称名寺に歳三の供養料をおさめて立ち去った小柄な婦人がある。寺僧が故人との関係をたずねると、婦人は滲みとおるような笑顔をうかべた。が、何もいわなかった。お雪であろう」。薩摩藩から徳川十三代将軍家定に嫁いだ天璋院は江戸の街と家を戦火から救う。「天璋院篤姫」で宮尾登美子はこう描く。「上さまのご赦免と家名存続についてできるだけの手を尽くさねばなりませぬ」という天璋院の歎願で官軍の江戸城総攻撃は取りやめになり、十五代慶喜の死一等は減じられた、と。

「ここでクイズね。鼻毛の殿様と忍者寺って知っている？」。かなえが難問を繰り出す。

「いやー」と首をひねり鼻の穴に指をやる尊に、かなえは加賀医大時代に友人とレンタカーで回った名所旧跡の旅行譚を語り出す。鼻毛の殿様の正体は、加賀百万石の三代目当主で、二代目藩主の前田利常。傾奇者《かぶきもの》として知られた初代利家の衣鉢《いはつ》を継いで、鼻毛を伸ばして愚鈍を装うは、股間をさらすは、奇想天外な藩主だった。これも加賀藩の取り潰しを狙う幕府を欺くための便法だったとか。しかし奇行だけが持ち味ではない。

通称忍者寺、正確には妙立寺《みょうりゅうじ》にかえでが立ち寄ったときの話。「この寺はイケメン藩主の利常が犀川《さいかわ》の近くに作りました」と観光ガイドが解説してくれた。「幕府と一戦交えるような万が一を想定して、お城の役割を果たしているのです。外からは二階建てのなんの変哲もないお寺に見えるでしょう。実際は四階建ての七層になっています」。たしかに階段が多く、さながら迷路のようだ。床下をめくると地下に続く隠し階段がある。賽銭箱は落とし穴になっている。

「この井戸を覗いてみてください」。ガイドが誘《いざな》う。「金沢城からこの井戸まで秘密の抜け道を作ったといわれています」「えっ、ここまで？　何キロあるんですか？」「本丸からは二キロほどでしょう。利常は単なる傾奇者《かぶきもの》ではなくて、戦略家だったのです」

「傾奇者、風狂者といえば前田慶次郎の右に出る者はいない。利家の甥だけど、関ケ原の戦で上杉景勝の側についた。自分の旗に『大ふへん者』って書いた。これ、武辺ではなく、大不便者と読むんだって。ゲームでも無双なんだ」。尊は浅薄な歴史知識と豊富なゲーム知識を振りかざし、なおも続ける。「戦国時代の三大内助の功を挙げるとしたら、お松と山内一豊の妻千代、明智光秀の妻熙子《ひろこ》かな。千代は夫の出世の糸口をつかんだ。熙子は自分の髪を売ってまで光秀を支えた」

「わたしなら春日局を推奨するわ。ヒントは喜多院にあるの」とかなえは天邪鬼の片鱗を存分に見せる。戦国時代から少しのちにずれても彼女は意に介さない。内助の功という尊の命題からかけ離れていてもお構いなしだ。

平安朝時代の西暦八三〇年に川越に創建された喜多院は天台宗の古刹。爾来、千二百年近く、世の盛衰を眺めてきた。その約四百年後に兵火に焼かれ、さらにその四百数十年後に川越大火でほぼ焼失してしまう。再建に立ち上がったのが徳川三代将軍家光だった。家光は江戸城の別殿を喜多院に移築した。だから家光誕生の間と春日局化粧の間がある。「近所の奥さんは、家光が生まれたのはここだって言い張るし、まるで春日局がその辺にでもいるように話すのよ」

二〇二一年、かなえと尊にとって待望の子どもが元気な産声をあげた。自尊心のある子に育ってほしいとの願いを込め、尊の名前の「尊」も尊重して「みこと」と名づける。古代の英雄・日本武尊=ヤマトタケルノミコト=にもあやかろうという含意《がんい》も込めた。

しかし、育児のプレッシャー以外にもかなえには壁が立ちはだかることになる。出産や育児で医者の仕事を休む。社会との関係がいったん切れることに不安がなかったわけではない。両親の遺伝子を受け継ぎ、仕事が好きだった。そして眠れない毎日。家事も滞る。体力もきつい。ときおり襲う焦燥感を癒やしてくれたのが、みことの存在だ。義理の姉である明日香からの、先輩としての助言と励ましも効いた。「何がなんでもみーちゃんに負の影響を与えまい。これやっちゃダメと否定するより、自己肯定感を植えつけたい。自己確立が大事」という信念のもと、エネルギッシュな愛嬢の生育とともに自らも変貌していく。

二〇二四年春、かなえは念願の仕事に復帰する。尊も料理の腕を上げ、家事も分担するようになった。育児と仕事の両立に、専門医としての資格試験という試練が加わる。その三刀流をクリアできたのは家族親族のバックアップあればこそだ。あえて付け加えるならば温故知新。戦国や幕末の女たちの一生と、母や明日香の生き様がいくばくか後押ししてくれていたに違いない。それに義母のぞみとタッグを組めば、リングネームは「ノゾミカナエ」となる

◇

草壁かなえの義理の祖母・大山美智子とその姉・佐多松子が「女の一生」をテーマに話し込む。談論風発。といってもいささか齟齬《そご》を感じさせる。

美智子「源平時代も戦国時代も、女が百代の過客となって歴史を紡ぎ、血脈をつないできたのね。わたしは結婚してからすぐ、勤めていた銀行を辞めて専業主婦になった。二人の子どもを育てることが女の一生だった。それに引きかえ、諭《さとる》君と明日香さん、タケちゃんとかなえさんは共働きでしょう？　いまや女性は二刀流が当たり前の世の中なのね」

松子「おあいにくさま。わたしは生涯独身だったから、一刀流よ。それもなまくらの刀」

美智子「そんなことないわよ。ねえ、お姉ちゃん、メディシンボールって覚えている？山本有三の『女の一生』に出てきたでしょう。大きなボールを手から手へと次々に後ろの人に渡していくの。運動会の大玉転がしみたいに。子どもというのは、祖父母から父母の手へ、父母の手から子どもの手へ、子どもの手から孫の手へといった塩梅に回していくのと同じだって書いてあった。わたしの手許に回ってきた子ども二人を両手でがっちりとつかんで、孫の世代、さらに曾孫の代にパスする。これが親の役割なのよね」

松子「山本有三は、女の一生は結婚だけで埋められるものではないとも書いている。もっとも、職業を持って働くことより、もっと大事な天職が、女には、母親にはあるとも言っているわね」

美智子「モーパッサンの『女の一生』に、恋に裏切られ希望に欺かれたジャンヌが熱狂的な母親になるっていう描写があるわね。夫の不義とかさんざん不幸を経験した彼女が孫の赤ん坊を抱いて、こう述懐するの。『世の中って、人が思うほどいいものでも悪いものでもない』って」

松子「山本有三は『単純な生活が、いわば女の一生なのかもしれない』と綴っている。その伝でいえば、あたしたちも、あながち悪い一生じゃないかもね」

第8章

メディアのコミュ力

～聖《まさし》の挫折と挽回　二〇一四年～

七転び八起きの先に

【〇勝七敗】惨憺《さんたん》たる負け戦だった。大山家の三男・聖《まさし》の中学受験の戦績である。楽天家の彼もさすがに落ち込む。長兄・諭《さとる》、次兄・尊《たけし》はそろって中学から慶応に入った。兄貴二人にいいところを持っていかれたのかな、といたいけな幼い胸を痛める。

「全部落ちたのか。救いようがないな」。父・胖《ゆたか》の無遠慮で容赦ない叱責がダメを押す。

「高校で頑張ればいいのよ。いくらだってチャンスはあるじゃない。あなたはあなたの個性を活かせばいいの」。母のぞみの一言で、ま、いいか！　パティシエになりたいんだから、料理学校をめざそうと、聖は気持ちをリセットする。ドライカレーやパエリア、母の味を想い出す。舌が忘れない。よし、懐かしいおふくろの味を再現してやろう。切り替えが早いのも「三男力」のなせるワザか。

【二十本連続シュート失敗】無残な体たらくだった。世田谷区立の中学に進んだ聖はバスケ部に入る。3ポイントシューターに抜擢された緒戦。打てども打てども決まらない。

コーチが「打て、打て」と鼓舞する。仲間がせっせとパスを回す。「やったー!」。二十一本目だった。これがバネになる。遅くまで練習を重ね、三年生の最終戦は七本の3ポイントシュートを決めた。よし、高校受験もシュートを決めてやる――。

こうして偏差値三十五からの逆襲が始まった。学習塾に通い出す。勉強するふりをしてテレビゲームに興じていた日常が一変する。

【六勝一分】高校受験は雪辱を果たす。二人の兄と同じ慶応高校の門をくぐる。尊と同じバスケ部に所属。三年生のときにインターハイの切符をつかむ。しかし、レギュラーになれず、ベンチでスコアをつけていた。それでも、人一倍声だけは出した。

「微分積分も知らないの?」。高校三年のある日、塾の先生の冷たい視線が痛い。学校の成績が留年すれすれの低空飛行を続け、見かねた親が数学だけを教える塾に通わせた。それから数週間。限りなくゼロに近い数学の点数が十倍に大躍進する。「微積分なんて簡単だね。数学おもしろいよ」と胸を張るまでになり、かろうじて大学進学を果たす。

「大山君の名前はないよ」。何をしに来たのと言わんばかりの、大学教授の怪訝な眼差し。パティシエより建築家になりたい、と宗旨替えしていた聖は、文系から工学部への転部を切望し、届を出せば叶うと安直に決めつけていた。一定の点数以上を取らないと転部はできないとも知らずに。しかたがない、建築家はあきらめよう。

【一勝三敗一不戦敗】「あなた、コミュニケーション力が高いし機転も利く。声がいいし、まあまあイケメンだからアナウンサーを目指したら」という母の一推しでテレビ局を受けることにした。さっそく乃木坂のテレビ局に勤める、父の高校野球部同期・河野治雄を訪ねる。ひとしきり業界の奥義《おうぎ》を叩き込まれ、「俺なら尖った人材が欲しいな。個性をどう輝かすかが面接の要諦《ようてい》だ。スポーツ局もおもしろいぞ」との河野の一言。これが様々な伏線となる。しかし、せっかくの助言も水泡に帰した。そのテレビ局の願書を出し忘れてしまったのだ。「何やっているんだ！　河野に合わせる顔がない。俺がテレビ局に電話して頼んでみる」。烈火のごとく胖に怒られるが、いくら頼み込んでも後の祭りだ。

しかし、土俵際で大逆転劇が待っていた。ただ一つ、さくらテレビから合格通知が来たのだ。電話で衝撃の告知を受けたのぞみは「ウソでしょう？　またわたしを騙そうとして！」と信じない。しまいには「もしも本当なら、人事の方《かた》に電話を代わって」と迫る。本物の人事担当者が出て、「本当です。聖君を信じてあげてください」「大変、失礼いたしました」。のぞみは受話器を握りしめて平身低頭し、しばし放心状態のあと、涙が止まらない。

聖の学生生活はことほどさように、さながらジェットコースターだった。さして努力しているようにも見えないのに、オセロのように黒星を白星に裏返していく。災い転じて福となす、七転び八起き。決して七転八倒には終わらない。運だけではない何かを持っているのだろうか。

「君は何度も失敗しているね。どうやって挽回したの？」。惜しげもなく挫折の数々を開陳した自己アピールの欄に目を止めた採用試験の面接官が聖に訊く。「はい。苦境は成長のチャンスだと教えられました。同じ失敗を繰り返さなければ、どんどんチャレンジしろといつも励まされています」。臆面もなく応える聖は「懲りずに失敗しすぎじゃないの」と突っ込まれても、「アメリカでは失敗する人はヒーローだと賞賛されると聞きました」と決して動じていない。

「困るなぁ。それじゃ、毎日失敗することを前提にしているのか？ 生放送でも大失敗されたらどうしようか」と面接官が隣の役員を見ながらあきれた表情をすると、「さくらテレビの番組制作で子会社のミスが発覚したことがありましたね。連日のようにメディアから攻撃され、その番組の存続危うしといった噂を耳にしました。しかし、御社の真摯な対応と熱意で、さらに番組への評価が高まったと記憶しています」などと切り返す。すると、さきほどまで黙っていた役員が口を挟んできた。面接官と聖を交互に見ながら「制作会社のミスを全力でサポートしたのが、外ならぬ彼だったからな。私も彼も失敗のない、完璧な日ばかりじゃないさ」と笑い、「今日の面接はこれまで」と言って離席を促す。リングサイドに追い詰められた聖が放った無手勝流の一言がラッキーパンチになったのか。当該役員の手許メモにこんな四文字熟語が記されていたと、入社後に聞いた。「当意即妙」。それでは面接官はどう評価したのか。最初に書き込んでいた「軽佻浮薄《けいちょうふはく》」という四文字を二重線で消して「軽妙洒脱《けいみょうしゃだつ》」と書き換えたと、これも人づてに聞かされた。

「アメリカのシリコンバレーやスタートアップの世界では一度でも失敗した人はヒーローなんだって。二回目の失敗はさらに立派なヒーロー、三回目ではチャンピオンの称号を与えられる。マー君はきっとスーパーヒーローよ」。こんなのぞみの一言がにわかに想起されたのだったが、二〇一四年の入社早々から数々のミスを犯してしまうのはいただけない。

飲み会の翌日寝坊して遅刻する。面談の日程を失念して上司から叱責をくらう。さすがに心が折れかけた。そのたびに土俵際で心を癒やしてくれたのは先輩の存在だ。数々のピンチ、それを救援してくれる先輩。さながら父の遺伝子をコピペしたかのようだ。胖もまたおびただしい失敗と挫折のたびに、畏敬する先輩記者の助け舟にすがりつき救難された。いい先輩にめぐまれるお家芸は秀逸だ。

【○勝五敗】「はしご車の上で実況しながらニュースを読め」。ディレクターにそう指示された聖は「僕、高所恐怖症なんです。噛んじゃいそうで」としり込みする。「なんとかなるさ。やればできる、が君の合言葉なんだろう?」と肩を押されるが、案の定とちった。おまけに変なイントネーション。やれば……できなかった。

数か月後、舞台は開業したばかりの三島スカイウォーク。日本最長のつり橋から富士山や駿河湾の絶景を紹介しながらニュースを読む趣向だ。またもや「僕、高所恐怖症なんです」「はしご車に上ったんだろう?」「いやいや、はしご車の比じゃないですよ」「かえって臨場感が出ていいんじゃないか」。果たせるかな、メジャーリーグの「大谷選手」と言うべきところを、何を血迷ったか「大山選手」と口を滑らす。やはり高所は克服できなかった。「おお、山あり谷ありだったな。臨場感だけは伝わったよ」。あとで先輩がこう洒落《しゃれ》のめしつつフォローしてくれた。うまいこと言うな〜、と聖の肩がほぐれる。

「前髪の有り無しで印象はどう変わる？」。こんなネタの生放送。いっちょうやってみよう、と晴れやかに「実はわたしも前髪を上げてみました。皆さん、いかがでしょうか？」と台本にない台詞を口走る。しかし現実は非情だった。放送終了後、プロデューサーに呼ばれる。「なんで自分の前髪のくだりをやったんだ？」。「尺」つまり時間枠が十秒オーバーしていたそうだ。自分の前髪のくだりがちょうど十秒だった。「言語道断だな」。「幸運の女神には前髪しかない」と古代ギリシャの詩人は言った。しかし、聖は前髪＝チャンスをつかみそこね、後ろ髪を引かれる思いに沈む。三敗目で「余計なことはしない」という教訓を学ぶ。

「お伝えしていますように」——。という文言がニュースキャスターっぽい言葉ランキングの一位に入っていた。CM明けで台風の続報を伝えることになっている。生まれて初めてその文言を使うチャンスだ。CM明けまでのカウントダウンが始まった。すなわち、「本物のニュースキャスターになる」ためのカウントダウンでもある。深呼吸して、何度も心のなかで唱える。ＣＭが明ける。よし、「おつてぇしてい、おとぅたえ、おたつ、お伝えしていますように」信じられないことが起きた。五秒間で三回噛んだ。まったくお伝えすることができなかった。四敗目で聖は、「背伸びはするものではない」ということを身をもって実感する。生放送での大失敗を危惧していた面接官が天を仰ぐ姿が何度も目撃された。

五敗目は痛みが伴う。バレーボールの取材で、スパイクを受けながら実況する企画の命を受けた。無茶ぶりだなと思ったが、面白そうだ。ヘルメットをかぶり、ある若手選手の強烈な一打を実体験する。あっという間にガツン！　面食らった。一瞬何が起きたか分からないままに何か喋っていた記憶はある。しかし、その場面はほとんどオンエアされなかった。ボールが面に食らったのかどうか、「オンエアは不適切」と判断されたためだ。これがトラウマとなったのか、その後、バレーボールの取材をするたびに、鼻の奥が疼く。

【リーグ優勝と三冠王】　聖は入局八年目でアナウンサーからスポーツ局に移った。これも河野治雄の啓示か自己暗示か。ヤクルト担当になって「神」に出遭った。チームはセ・リーグのチャンピオンとなる。それを牽引したのが史上最年少で三冠王に輝いた村上宗隆だった。春先のキャンプからシーズンを通して彼の偉業に密着する幸運。天性の打撃センスに加え、そのひたむきな努力と不屈の精神に、年下ながら礼賛を惜しまない。

村神サマに学んだことは多い。「チームが勝てれば笑顔になれる」。その責任感と向上心は自分にはないな、と舌を巻く。懇意になったスポーツ紙の記者からこんな話を聞いた。「コロナ禍で主力選手が次々に離脱していたとき、村上が『今いるメンバーで戦いぬきましょう』と言って、チームを鼓舞していた。若手の立ち位置にいながら、離脱した先輩たちにこまめに電話する姿も垣間見たよ」。それを聞いた聖は、チーム・ファーストを貫く村上の器の大きさに目を見張る思いだった。

聖はコミュニケーション力だけには自信がある。よし俺も、とばかり、コロナで自宅待機している同僚に連絡してみる。十七世紀、ペスト禍でステイホームしていたときにリンゴが落ちるのを見て万有引力の法則を発見したニュートンには及ぶべくもないが、聖はコロナ禍で気配りの法則を発見した。ところが数年後、一族ハワイ旅行でうっかりコロナに感染してしまい、滞在期間中ずっと一部屋に隔離生活を送ることになろうとは、想像すらできない。

弱冠二十二歳でチームの柱として重責を担う村神サマは、チームや監督コーチ、ファンの期待を一身に集める。コロナ禍もスランプもあった。誰にも相談できない葛藤もあった。ときに村上らしくない姿を身近で見たときは聖も一緒に落ち込んだ。しかし村上は幾多の危機を責任感と向上心で乗り越えていく。だから二〇二二年に史上最年少の三冠王になった彼の後姿に自信と頼もしさを見て、聖も壁を乗り越えたような気分に浸れた。

二〇二三年、WBCの前半は不振をかこつスラッガーを心配していた。準決勝の逆転サヨナラ打で聖は快哉《かいさい》を叫ぶ。その歴史的な快挙の日に、たまたま女子ゴルフの取材で宮崎にいた聖はスマホで村上の雄姿をチェックしていた。思わず女子プロ数人に「野球は観ています？」と訊いてみた。「もちろんよ。日本中がテレビに釘付けでしょう」「村上のサヨナラヒット、感動した」「明日のアメリカ戦で大谷とトラウトの勝負が楽しみね」。ともにアスリート。学生時代にソフトボールをやっていた選手も多く、一様に目を輝かす。マイアミの快挙がゴルファーたちのモチベーションを格段に高めていた。

決勝のアメリカ戦で村上はホームランを放ち、優勝に大きく貢献した。WBCの大舞台で陰から光に飛び出した「村神サマ」の雄姿は、聖にとっては奇跡でも何でもなかった。

「テレビで観たあの顔つき、絶対に打つと確信していた」と聖は興奮冷めやらない。逆境を挽回する一撃、後光が差した思いがした。失敗には厳しい日本でも、勝負の世界では不振を栄光がまたたくまに上書きしてしまう。二〇二四年夏のオールスター戦では二戦連発のホームランをかっ飛ばす。スポーツ局から報道局に移っていた聖は、新しい部署でも何度も勇気をもらった。

光り輝く若きアスリート

【秘密兵器と涙】聖には忘れられない実況がある。小学校から大学まで自ら親しんだバスケの試合だ。二〇一八年六月二十九日、長らく低迷していた日本のバスケの歴史を変えたワールドカップアジア一次予選。聖は対オーストラリア戦の実況席で熱狂していた。勝てばW杯の本戦に進む。その浮沈のカギを握る二十歳の秘密兵器・八村塁に熱い視線を向けている。

「マイボール！」。日本のナイスディフェンスでボールを奪う。「一点ビハインド。残り一分です」。手に汗握る。八村がボールカット。奪った後のプレーが自然と頭の中でイメージできた。結果は？　寸分たがわず八村が動く。ボールを奪った八村が豪快なダンクシュート。79対78。終了間際の大逆転。聖の脳裡には、まるでその場面がスローモーションでスクリーンに投影されているように記憶中枢に焼きついている。

放送席にも大観衆の絶叫が渦を巻く。「オーストラリアに歴史的勝利」「世界の八村だ！」。張り上げる聖の声は震えていた。そして、その瞳から一筋の涙が流れていることに本人は気づかない。世界最高峰アメリカNBA選手を擁するオーストラリアに歴史的な金星。八村の鮮烈なワンプレーは八村一人にスポットライトが当たっているように、何年も聖のなかで光り輝き続ける。それは幼少時から心のヒーローだった「スラムダンク」（井上雄彦作）の桜木花道やゴリ＝赤木剛憲と二重写しとなった。

しかし、どうやらバスケの神さまの采配は乱高下するらしい。ワールドカップ本戦に進出した日本は全敗を喫してしまう。

そして八村は二〇一九年に念願のNBAデビューを果たす。本場アメリカでも活躍し、二〇二四年七月、パリ五輪では日本のエースとして光り輝く。

その光を、聖のまた従妹・佐伯智美が母幸子とともに花の都で固唾をのんで目の当たりにしていた。

「あなた、中学でバスケやっていたわよね」

「そう。『スラムダンク』がバイブルだった。桜木花道やゴリ、宮城リョータ。青春時代のスーパーヒーローよ」

「世界最高峰の試合をじかに観ると迫力が違うわね。あのスピード、高さ、パワー。決まった！　八村の3ポイント！」

「スラムダンクで言えば、『ゴール下のキングコング』ゴリがダンクシュートだけじゃなく、3ポイントも決めるし、カットインもする。みんな3ポイントが打てる万能選手ね」

「これで夏休みが終わっても仕事に張りが出るわね」。幸子は仕事でやや難題を抱え込んでいるらしい智美を鼓舞することを忘れていない。

二〇一八年─八村塁（20）─ワールドカップ予選を実況
二〇二二年─村上宗隆（21）─リーグ優勝三冠王を現認

聖はさくらテレビに入局以来、毎年のように二十歳そこそこのアスリートの躍動、特に彼らの天性に加えひたむきな精進と不屈な闘志に刺激を受け、勇気と感動をもらってきた。ボールを受けて面食らおうと、パリ五輪の現地取材陣の選から漏れようと意気消沈せずにいられるのは、若いアスリートが日本を元気にする原動力となると信じているからだ。それを視聴者に伝える最前線に立っている。この充足感は何ものにも代えがたい。メディアのコミュ力と伝播力もまんざら捨てたものではない。

「あなた、わたしの生きているうちに早くいいヒト見つけなさいよ。わたしがいつまでも生きてるから、あんた、逡巡してるの？」。大叔母の東條春子は聖に何度発破をかけたかしれない。「何もたもたしているのよ。わたし、今年八十八なんだから、もう死んじゃうわよ」。壊れたレコードのように、二〇二四年も繰り返す口上。毎年恒例とはいえ、年齢を三つもサバを読んでいる。あるいは記憶力の脆弱性を発揮しているのか、判定は難しい。聖は持ち前の三男力を発揮して「今年は期待してよ」。これも二人の恒例の掛け合いとなっている。

◇

聖の両祖父、大山立志《たつし》と草壁俊英が各スポーツで世界と伍して闘うスーパーヒーローたちの雄姿を観てびっくり仰天している。

俊英「前畑ガンバレ、は忘れられん。ベルリン五輪（一九三六年）でラジオの実況アナウンサーが連呼していた。前畑秀子が二百メートル平泳ぎで日本人女性初の金メダルを獲得した。快挙に身が震えたのを覚えている。十三歳の野球少年だったころのことだ」

立志「五輪といえば東京（一九六四年）の女子バレーボール『東洋の魔女』に尽きますね。ソ連（当時）を撃破した決勝戦は家族あげてテレビにかじりついていました。男子も東京からミュンヘン（一九七二年）にかけて、世界一のセッター猫田がトスを上げて、森田が打つ、と見せかけて横田が打つ。クイックや時間差攻撃はバレーに革命を起こしました」

俊英「いざなぎ景気から石油危機までの高度経済成長の真っ只中だった。新幹線や高速道路、インターチェンジ、ダムや発電所の建設、ビルも林立して私の建設土木業は有卦《うけ》に入るっていう景況だ。モーレツに働いて給料も上がる。世界の一等国になった矜持が支えてくれて、五輪の金メダルが十六個。光り輝く時代だった」

立志「あのころはインフレ、高金利、賃金アップ、高度経済成長の時代でした。デフレもマイナス金利も低賃金も、想像の範疇《はんちゅう》を越えていました。それから五十余年、二〇二〇東京五輪のころは真逆ですね」

俊英「コロナで無観客を余儀なくされたんだったな。孫の諭たちはせっかく野球のチケットを入手しながらふいになったと嘆いておった。もっとも娘（のぞみ）は通訳のボランティアで五輪の会場を行き来していたから、野球もちゃっかり観ていた」

立志「二〇二四年パリ五輪で日本は金メダル二十個、メダル総数四十五個、ともに海外の大会では最多を記録しました。諭のまた従妹の佐伯智美とその母・幸子が感動と勇気をもらったようです。東洋の魔女の何世代か若いバレーボール選手に加えて、孫たちが熱中していたバスケでも存分にコートを走り回っています」

俊英「前畑や東洋の魔女の後継者たちは世界に向かって立派に羽ばたいているね。俺のヒーローは赤バットの川上哲治と青バットの大下弘だった」

立志「息子（胖）は何といっても王貞治と長嶋茂雄、ONでした」

俊英「諭のヒーローはメジャーに行ったイチロー、松井秀喜、大谷翔平だな。グッズを買ったり、夢のなかでツーショット写真を撮ったりね。曾孫《ひまご》の悠真はWBCでオータニサーンを覚えた。この前、近くの公園でティーバッティングしていたぞ。楽しみだな」

立志「五、六十年で経済や世相は激変しても、時代や世代によって新しいスーパーヒーローが生まれてくる。この国もまんざら暗いだけの浮世ではなさそうです」

第9章

孟母と猛母

～受難と超克《ちょうこく》　二〇二〇年～

悲しい別れと嬉しい出逢い

まさか、こんなに早く最愛の人を喪うとは。佐伯幸子は絶望の淵に落ち込んだ。「あなた、なんで。あと半年で五年経つというのに」。夫・賢策は四年前に癌を発症し、壮絶な闘病生活を送っていた。五年生存率の壁が立ちはだかり、二〇一九年にとうとう帰らぬ人となってしまう。人生で超弩級《ちょうどきゅう》の受難に幸子は茫然と立ちつくす。

そういえば、日ごろ無口な夫がさらにふさぎ込んでいた時期があった。勤めていたアパレル関係の会社でうまくいっていないのかな、と幸子は気遣う。すると賢策は乾坤一擲《けんこんいってき》、起業した。自分の店を立ち上げ、三店舗にまで手を広げていく。無理が祟ったのだろうか。癌が再発したのは、そのころだったのだろう。冥界に旅立つ間際の「子どもを君に託す」という賢策の一言が忘れられない。

「賢一と智美の成長を見届けられなくて残念だ。でも、思い残すことはない。賢一は立派な銀行に入り結婚もして人生のいい軌道に乗っている。智美は小学校のときから目指している弁護士の夢を是が非でも実現してほしい。三回までは試験に失敗してもいい。財産目録や会社の登記簿などの書類一式は仏壇の抽斗に入れておいた。会社も土地も適宜処分して子どものために使ってほしい。幸子と賢一と智美のおかげで、そんなに悪い人生ではなかった。ありがとう」。夫の遺言書を手にして悲嘆の涙にくれていた幸子は「道筋をつけてくれていたんだわ」と夫への感謝の嗚咽《おえつ》に変わった。

通夜、告別式をすませても仕事が手につかない。ようやく二週間経って仏壇の抽斗を開けてみて、もう一通の遺書を手にした。封書に「これは智美の結婚が決まったら渡してくれ」という、よれた夫の筆跡。内容は想像できた。智美の出生にまつわる遺言なのだろう。プリンス・エドワード島で、喉まで出かかった娘の生い立ちに関する言葉もろとも、手文庫の隅にしまい込んだ。

「孟母三遷《もうぼさんせん》」。性善説で有名な中国戦国時代の儒家孟子《もうし》の母は、子どもをいい環境で育てたいと考えて三回引っ越す。

母の訓《おし》えが効いて孟子は後世にこんな至言を遺す――万物の道理は皆自分に備わっている。だから、自分の身に反省してみて、自分の本性に備わっている道理の発動が誠実であるのならば、これほど楽しいことはない。惻隠《そくいん》の心は仁の端であり、思いやりの心は仁という大道の端緒だ。「浩然の気」を養え。天の時は地の利に如かず、地の利は人の和に如かず。

智美の高校、大学、ロースクール受験。その節目のたび、幸子の気持ちは三遷した。最初は油断するなという戒め。二回目は家族みんなが励ます「人の和」。最後は楚と漢の戦いで韓信があみ出した「背水の陣」。両親と兄に可愛がられ甘やかされてきた智美に退路を断つ覚悟で臨め、と崖っぷちに追いこんだ。

棒高跳びでいえば、賢一はバーを徐々に高く上げてもクリアしてきた。ときに棒に触れてゆらゆら動いたとしても地面には落ちない。智美はちょっと違う。余裕があると思われた跳躍でゆうゆう越えたと見えた瞬間、最後にちょっと踵が引っかかってバーがあえなく落ちてしまう。そんな挫折と葛藤を智美は繰り返した。

「いいんだよ、トモちゃんは明るくて優しいんだから」。父の言葉で智美の肩の力が抜けた。テレビドラマで憧れた女性弁護士みたいに、弱いもの、虐げられた人たちの味方になりたい。夢を貫く。そのため司法試験では背水の陣を敷く。自ら棒高跳びのバーを十分に引き上げた。同じミスは繰り返さない。そして智美は司法資格を勝ち得た。

孟母から猛母へ。最良のパートナーを喪った痛手はそうそう癒えない。そんな幸子が変身したのは夫と死別して一年経った二〇二〇年秋のことだった。一番身近な人との死別で、ついつい自らの終末に思いが至ってしまう。何かやり残したことはないだろうか。

「富士山に登りたい」という思いが山の神の啓示のようにひらめいたのだ。といっても登山経験はない。まずウォーキングから始め、還暦を迎えた翌年の年明けから走り出した。週に三日、五キロから始めたのだが、やはり苦しく辛い。やがて、ペースを遅くすれば長く走れることがわかり、徐々に距離を伸ばしていく。ついに富士山頂を極めたときの達成感は言葉にできない。それ以上に、不幸を超克し、子どもに頑張る姿を見せられたことを誇りにしたい。

一方、大山明日香の場合は、まさに孟母三遷を地でゆく。渋谷区のマンションを振り出しに、フィラデルフィア、ポートランドと米大陸を東から西へ、そして文京区の家に落ち着く。

二〇一六年、大学同窓の大山諭《さとる》と赤い糸で結ばれた。「明日香が結婚するときは、俺が司会してやるよ」。諭は大学時代、ずいぶん恩着せがましく高飛車に言ってのけていたものだ。それが卒業後ひょんなところで再会してからは、運命の赤い糸は二人を放っておかなかったようで、交際を始めてから一年でゴールテープを切る。身長差三十センチ、体重差ほぼ二倍という壁を乗り越えて、司会が、またたくうちに新郎に昇格した。

「早く孫の顔がみたいな」。義父・胖《ゆたか》の悪気はなくても、ぐさりと胸に突き刺さる一言。それも一度や二度ではなく、明日香の胸の裡にこだました。顔を合わすたびに「そろそろか」「まだか」と胖の目は訊きたがっている。たまりかねて夫婦で不妊治療クリニックの門を叩くと、異常はなかった。義父の無神経でデリカシーや思いやりのない言動が、プレッシャーになっているのかもしれない。それでも「天からの授かりものなんだから、焦る必要はないわよ」という実母のいたわりに救われた。「お父さん、明日香に子どもの話をするのはやめてくれ」と諭に直訴され、胖はようやく心ない行為だったことに気づく。

するとと明日香は魔法が解けたように身ごもり、悠真が港区の病院で産声をあげたのは二〇二〇年のことだった。「生まれてきたよ！」と言うかのようにガラスの保育器が割れんばかりの泣き声を上げる嬰児に肩を押されるようにして、翌年夏に諭がフィラデルフィアのロースクールに留学する。

明日香は乳飲み子を抱え、ただでさえ寝る間もないなかで、引っ越しの支度に大わらわだ。先乗りする諭にこう注文をつけた。「ユウちゃんの安心安全を第一に考えて、治安のいいマンションにしてね」。自らは船便の梱包や手荷物の整理に明け暮れた。

諭は、二〇二二年秋にポートランドの法律事務所に移る。飛行機を乗り継いで東の端から西の端へと四千数百キロ。「自動車で横断してみる？」とのたまう諭の無謀な企てに「この子が耐えられるはずないわよ」とぴしゃり。明日香は子どもファーストの視座を譲らない。ほんわかしていた新妻が強い母に変身した瞬間だった。まるで大魔神、メジャーで快刀乱麻を断つ投球をした佐々木主浩ではなく、古墳時代の柔和な埴輪が悪辣な敵の出現で大魔神の憤怒の形相に一変する、昔の大映映画の主人公のように。

猛母の色合いが濃くなるのはその年九月に紗耶香を産んでからだった。病院に天井が崩れ落ちんばかりの泣き声が響く。身長五十センチ、体重三千グラム、真っ赤な顔をして小さな手を握りしめている。明日香は異国で二人目を授かった安堵といとおしさに笑みを隠しきれない。「まさに天使だわ」。かたわらで「まるで怪獣だ」といわんばかりに覗き込んでいるのは、二歳になった悠真だ。イヤイヤ期の絶頂期。日本語もおぼつかず英語にいたっては「NO」しか口にしない。そのわりには、公園で現地の子どもに溶け込んでいる。ときには傍若無人に彼らのおもちゃを奪う。清少納言ならその野放図さに「いと、にくけれ」と烙印を押しそうな光景ながら、平安時代ではないアメリカでは双方のマザーは無頓着だ。こうして悠真の「ま、いいか。ドンマイ」精神が育まれていく。

「可愛がってあげなさいね」「いやだ、可愛がらない」とまずは決め台詞の先制パンチ。ちょっと前まで鬼瓦みたいな形相で泣きじゃくっていたのはいったい誰よ、と苦笑する二児の母・明日香。このころ、光を陰があざわらうかのように、東京で不幸が訪れている光景を親子四人は思いもよらない。

紗耶香の出産を控え、東京から駆けつけてくれた実母に明日香は感謝の念しかない。大人用と子ども用二種類の料理を欠かさず、母の味で日本を懐かしむ。彼女は炊事、洗濯の一切合切まで切り盛りしてくれた。「この子、諭くんにそっくりね。眼のあたりが。ユウちゃんが明日香似だから、ちょうどいい塩梅ね。ユウちゃんが怪獣や恐竜にご執心なのはパパの遺伝でしょう。サヤちゃんはどんな子になるのかしら」と孫たちの品評会にかまびすしい。（兄妹になってほやほやなのに、こう品定めされても）悠真は兄の自覚からか恐竜のフィギュアを何体か、まだ目の見えない妹に示す。

せっせと新生児の写真や動画を家族共有のグループチャットに送っていた明日香が「みんなからお祝いのメッセージが届いているよ」と注意を促す。太平洋をはさんで七千キロ以上離れた日本からまっ先に祝意を届けてきたのは、明日香の姉からだった。「おー！おめでとう！　もう二人目か！　素早いな！」。まるで男言葉。絵文字てんこ盛り。しかも絵文字がやたらに動く。時差十六時間もどこ吹く風、宮古島で開かれるトライアスロン大会に出場するため、未明から準備におさおさ怠りないらしい。長身で筋肉質、スポーツ万能な才媛の姉は目下、独身。いささか長～い青春を謳歌しているボヘミアン、自立した自由人である。

二番目は義理の妹かなえだった。「みこと出産のときは助言ありがとうございました。わが家の妖精もすくすくと育っています。一人でも手一杯なのに二人も。お体ご自愛ください」と殊勝な文言が並ぶ。「お互い天使と妖精を立派に育てましょう」明日香はさっそくお礼を返す。

ブルブル。スマホに着信を告げる振動音。「失礼」と言って病室をあとにする瞬間、にやけたパパ諭の表情は、たちどころにM&Aを専門とする弁護士のそれに変わった。娘に柔和に語りかけていたのが、一転して大魔神のように険しい顔つき。電話のやりとりを終え、埴輪顔に戻った諭は「ちょっと、差し支え。大型案件が動き出した」と、あたふたと事務所に戻っていく。

数日後退院した明日香が母親に「お父さんに見せたかったわね」としみじみと語りかける。「きっと、あの空のどこかで祝福してくれているわよ」。母は三年前に帰らぬ人となった亡き夫に思いを馳せる。

明日香の三遷目はアメリカから文京区への帰国だ。今回は諭の母のぞみが付き添う。悠真をプリスクールに送り迎えしたり、動物園に連れていったり、紗耶香のおむつを替えたりして幼子の面倒をみる。

「お義母《かあ》さん、助かります。悠真のときは、無事に生まれてくるまで心配で、心の余裕がありませんでした。階段の上り下りには細心の注意を払ったし、つとめて自宅にひきこもりの毎日でした。ちょっと風邪をひいただけでも、途方に暮れちゃって」

「女の一生から考えると妊娠・出産期はとても重要な一時期よ。ましてや海外での出産でしょう、想像を絶するわ。よく頑張ったわね」

「つくづく妊娠、出産は奇跡だと思います。二人目も感動の重みに泣いてしまいました。この十か月ずっとアメリカで、医療や保険の仕組みも違うし、ドクターとの意思疎通も身ぶり手ぶりです。でもだんだん誕生を、出逢いを心待ちにするゆとりが生まれました。この子、二つの国籍を持つことになるんですよ」

紗耶香は、エリザベスというミドルネームまでつけてもらってこころなしか自慢げだ。

明日香が「二人でも大変なのに、三人もの男の子を育てあげたなんて、すごいですね」と感心する。のぞみは「父と叔母におんぶにだっこだったのよ。夫は引っ越しの支度は全くしない。子育てももっぱらわたし」と、こぼす。

大山のぞみの場合。やはり孟母三遷と猛母の体現者だった。長男諭は東京で産む。当日、夫は飲み会とやらで不在。父・俊英と叔母・春子が駆けつけてくれた。

「二人目の尊が生まれたときのことを思い出すわ。同じように転勤のさなかでね。引っ越しに無関心の夫に、住まいは生活と教育環境のいい場所にしてね、って釘を刺した。あなたと同じようににね」

尊が生まれる直前に胖は単身で札幌に赴任していた。のぞみは大きなおなかを抱えて引っ越しの準備や諭の送り迎えと、千手観音さながら八面六臂《はちめんろっぴ》の立ち回りだった。観音様どころか阿修羅にも似た相貌だっただろうと、のぞみは危ぶむ。九月に二人の子を抱えて札幌に赴く。その間、取材が忙しいといって家庭を顧みない胖に代わって、諸事万端を取り仕切ってくれたのは春子だった。

「諭をどうしてもミッション系の幼稚園に通わせたい。歩いていけるところに引っ越したいんだけどどうかしら」。のぞみが夫に持ちかけた。「えっ、なんで？」と胖は面倒くさそうに不快感をにじます。清少納言ならさだめし「おもひ《い》やりなきもの」と銘打って、「我《が》が強く傲岸不遜、妻や子であろうと最優先しない」と誹謗しかねまじき胖に、のぞみは業を煮やす。それでもなんとか札幌でも山の手にある自然環境に恵まれた宮の森に引っ越した。意趣返しでもないだろうけれど、このときも転居に手を貸さない夫に代わって叔母が助っ人に駆けつけてくれた。

札幌で産声をあげた三男聖のときにも、のぞみの父と叔母の姿があった。入院中、父のミッションはいたずら盛りの男の子二人を公園で遊ばせることと、おもちゃ争奪戦の仲裁役だ。叔母はマンションと病院を往来しながら奮闘する。それが伏線となったのだろうか、将来三人の兄弟がのぞみに叱られると「家出」もしくは「家出未遂」の逃亡先は春子の家、というのが定番になった。この光景を見て、オズの魔法使いのドロシーがほっこりしている。

諒闇《りょうあん》から光芒一閃《こうぼういっせん》

世田谷からと札幌で二回、三遷目は世田谷への帰還である。のぞみの父と叔母が受け入れ態勢を万全にして出迎えた。「持つべきものは親と親戚ね」と、のぞみはあらためて思う。

「あのころは、精気が横溢して縦横無尽に動き回っていたのに」のぞみは二〇〇五年に他界した俊英の面影をしのぶ。ほぼ毎日病室を見舞うのぞみに、「母さんを空気のいい山間の療養所に入れてほしい。孫たちの行く末を頼む」と、俊英は残される妻・妙子と孫たちの後事を託して逝ってしまう。父の遺志を継いで、若い時分から病気がちだった母を療養所に移す。妙子は夢寐《びび》のなかか半醒半睡《はんせいはんすい》か、目もよく見えていないのか、意思疎通もままならない。

医者である次男・尊《たけし》の推奨で、点滴の中身を変えてくれないかと依頼したのぞみに、医師が「そこまでする必要はあるんですか?」と冷たく言い返す。にべもない。そこで一計を案じた。のぞみは「息子に連絡してみます」と尊を電話で呼び出し、その医師にスマホを渡す。「草壁先生のおっしゃる通りにします」。取り付く島もなかった態度が表情まで一変した。投薬を変えていったんは持ち直したかに見えたが、病状が徐々に芳しくなくなっていく。

「……」。妙子がしきりに口を動かそうとしている。「お母さん、何?」のぞみが訊く。これまで薄くなっていた瞳孔が一瞬見開き、光彩が黒味を帯びた、ような気がした。「のぞ……」わたしを呼ぼうとしているんだわ、ちゃんと認識しているのね。ところが喜びは束の間だった。妙子はがっくりうなだれる。懸命なナースコールにくだんの医者が呼ばれ、「ご臨終です」と告げた。

「兵隊さんの軍服を何着も縫ったのよ」。手先が器用だった妙子は戦時中、衣糧廠《いりょうしょう》で勤労奉仕した。戦後もドレスの仕立てに精を出す。一人娘ののぞみを育てあげ、「こんなに幸せなことはないわ」が口癖だった。好事魔多《こうじまおお》し。肺の病気が発覚したのはそんな矢先だった。娘に迷惑はかけまいと、必死で病魔と闘っていたのに——。

二〇二三年九月。妙子の通夜が高輪の菩提寺で営まれていた。身内で亡き人を悼むなか、のぞみのスマホに着信。ポートランドにいる諭からだった。

「お母さん、いま生まれました。元気な女の子です。お祖母さんの通夜の時間に申し訳ないけど」

「何言っているの、あなた。おめでとう。母子ともに健康なのね」

「大丈夫、安産だった。明日香に代わるよ」。ビデオ通話に切り替えた画面の先には満面笑みがこぼれる嫁の姿があった。安堵した刹那「これティラノサウルスとトリケラトプス。こうやって戦うんだ」と悠真が割り込む。「妹とママの面倒を見てあげてね」というのぞみの言葉に、このときは「いや」とか「NO」とは返さなかった。

「この子はお祖母さんの生まれ変わりね」。のぞみは母・妙子の通夜の日に生を授けられた孫娘のよすがに天の配剤を感じた。諒闇《りょうあん》から光芒一閃《こうぼういっせん》。まさに母の喪に服しているこのときに光の子が希望の星となって現れた。

◇

諭たち三兄弟の祖父母の大山立志《たつし》と美智子が、悩み苦労しながらも子育てに生きがいを感じている孫世代を見て、こんなやり取りを交わしている。

立志「俺たちのころは、『お父さんは山へ芝刈りに、お母さんは川へ洗濯に』と、まるで桃太郎ばりの役割分担だったよな。戦後十数年の高度経済成長期。男はみんな企業戦士としてモーレツに働いた。男は厨房に入るなってな」

美智子「そうね。わたしの一生は育児と家事だった。子どもの成長が何よりの楽しみ。半世紀も前にこっちの世界に三遷してきちゃったけれど、姉（松子）の言う通り、他人《ひと》の二倍の濃度で生き抜いたから悔いはないわ」

立志「子どもの世代でも、胖は育児も家事も全然、貢献していないな。俺と一緒だ。長男気質なのかな」

美智子「胖は融通が利かないからね。今は孫が三人も生まれて、罪滅ぼしみたいに世話を焼きたがっている。ユウちゃんのおむつを替える姿を初めて見てホロっとしたわよ。でも女の子二人にはどう接していいかわからないみたいね」

立志「孫世代では、諭は長男気質を受け継いだ。それでもカレーを作ったり保育園に送り迎えしたりしている。尊は家事や料理、掃除までやっとるのは感心だ。不器用なのにね。今昔の感に堪えないな。聖は甥と姪に人気ナンバーワンだ。精神年齢が近いんだね。早く結婚して子どもがほしいんだろうな」

美智子「共働きだと夫の理解は欠かせないわね。わたしもジェンダー平等とかダイバーシティの時代に生まれたかったわ。それにしても、のぞみさんは三兄弟の個性に応じて、いい道を選んでいるわね。明日香さん、かなえさんも、子どもの自己肯定感を大切にする、否定しないこと、聞かれたら必ず答えるって口をそろえている。それぞれの連れ合いを調教してくれているのも心強いわ」

立志「子も孫も志望する道を歩んでいるようだ。曾孫の行く末が楽しみだ」

第10章

メディアの興亡

～陰謀と陥穽《かんせい》　一九八四、二〇〇一、二〇二三年

その男は、大山胖《ゆたか》の人生の交差点に三度現れる。六十数年の光陰でいえば、いずれも「陰」の部分で。ご丁寧にも陰謀と陥穽を仕掛けながら。

すっぱ抜き、スパイ、乗っ取り

一九八四年。胖は前職である東京政経新聞の東北支社で記者をしていた。その男はライバル紙である毎朝読《まいあさよみ》新聞の五年先輩の特ダネ記者・伊庭武蔵だ。そのころ報道各社は伊達相互銀行の乱脈経理疑惑を追っていた。胖は取材する先々で何度も伊庭とかちあう。社長の自宅に夜討ちを重ねても「主人はいません」と夫人のつれない一言で撃退される毎日。それでも一週間後、不憫に思った夫人が一度だけ、居間に招じ入れてくれた。茶菓を出すのは妙齢の令嬢。社長の居場所には皆目、見当がつかないまま、よもやま話に花が咲く。胖がやにさがっている間に、伊庭は社長の潜伏先を突き止め、ホテルの一室を急襲していた。

「伊達相銀、巨額の簿外債務　乱脈経理を国会で追及へ」。毎朝読新聞にこんな大見出しの特報が躍ったのはその翌日のことだった。怜悧《れいり》で不敵なまなざしで憫笑《びんしょう》する伊庭の端正な顔立ちが目に浮かび、胖は記事をむさぼり読む。会社の負債や資産を明記する貸借対照表、いわゆるバランスシートに載せない簿外に数十億円の債務がある、とすっぱ抜いていた。暴力団など反社会的勢力が関わっているフロント企業への違法な融資まで書き込んでいる。一連の乱脈経理を地元選出の野党議員が国会で追及する、と記事は完璧だ。

やられた。完敗だ。胖は暗澹たる気分のまま、後追い記事を書く。その後、伊達相銀が系列の不動産会社と組んで、短期間に何度も土地を売り買いして地価を吊り上げる違法な取引をしている実態を暴く。しかし、大きなネタを抜かれ、小さく反撃の狼煙《のろし》を上げたにすぎない。自分は新聞記者には向いていない、と実力不足を痛感する。小柄な伊庭が巨像となって銀縁メガネの奥で眼を光らせる。そのメガネを何度夢のなかで見たことか——。

伊庭の実像を次に見たのは、二〇〇一年春のことだった。いきなりデスクの電話が鳴り、「もしもし、わたしだ」という忘れもしない高い声に「あ、伊庭さん……」毎朝読の、という二の句は飲み込んだ。「君に、いいネタをやる。仙台時代のよしみで」と伊庭は思わせぶりだ。

その夜、畔は呪縛にかかったかのように、呼び出された銀座のラウンジにいた。どうやら毎朝読新聞の秘密バーらしい。やあ、と右手を上げながら伊庭は仕立てのいいスーツ姿で颯爽《さっそう》と現れた。名刺には取締役社長室長とある。最年少で取締役編集局長を経て、いまや社長の懐刀《ふところがたな》。その辣腕は新聞界で伝説になっている。しかし、苦汁をなめさせられ完膚なきまでにやりこめられた畔には悪霊にしか見えない。

「国分町で飲んで以来だな。君の活躍は聞いているよ。化学会社がアメリカの同業を買収したニュースや、鉄鋼会社が半導体メーカーを買収した件も、君の特ダネだったな。サハリンの国際的な天然ガス共同開発もそうだった。前向きのニュースだけには強いな」。最後の「だけには」にアクセントを置く伊庭の賛辞は皮肉以外の何ものでもない。

「ご承知のように、後ろ向きな事件には滅法弱いです。伊達相銀の不祥事は伊庭さんに抜かれまくりましたしね。あの屈辱がバネになりました。そういう意味じゃ、感謝の申し上げようもありません。あのネタ、どこから仕入れたんです？」

「取材源はあかさんよ」と伊庭は口を濁し、人さし指をチッチッチッと横に振る。「ま、時効だからヒントだけ」と満悦そうに語ったのはこんな内容だった。ニュースソースは、伊庭が懇意にしている地元選出の野党議員だった。伊達相銀の不正経理の実体はほぼつかんだ。捜査関係者、規制当局に水面下で取材するうちに、反社会的勢力との闇の癒着をあぶり出し、外濠は埋まった。最後は本丸だ。張り込んでいた社長夫人が、夫の着替えを潜伏先のホテルに届けるのを尾行した。伊庭に証拠の数々を示された社長は、憔悴《しょうすい》し切った表情で頷くことしかできない。そして社長は退陣に追い込まれた。不正事件で逮捕者を出し、信頼を大きく毀損した銀行の末路は哀れだった。

「社員は悪くありませんから」という大手証券会社社長の慟哭《どうこく》。一九九七年、アジアに端を発した金融危機の嵐で日本の名だたる銀行や証券会社が経営破綻するなか、多くの不良債権を抱えた伊達相銀もまた、ひっそりと看板を下ろす。

「大山君だって、善戦したと評価しているんだよ。土地ころがしとか小さなネタで反撃してきたしね。社長夫妻はご令嬢を君に見合わせたかったんじゃないのか？」

「エッ、あり得ませんよ。社長宅の夜回りを繰り返しても、本丸にはたどりつけなかったし。きょうは昔話をしに呼び出したわけじゃないんでしょ？　いいネタってなんです？」

「それそれ。君、こんど社長室に異動するんだろ？　日本のジャーナリズム再生のために手を組まないか？」

「異動なんて決まっていませんよ。誰がそんな与太話を流しているんですか？」

「まあ、聞け」と片手を上げながら「インターネットがメディアを席巻するようになると、紙の新聞の経営は立ちゆかなくなるだろう」と不気味なご託宣だ。記者が夜討ち朝駆けでつかんだ特ダネもあっという間にネットに転電される。ネットの即時性と伝播力、影響力は侮れない。裏付けを取っていない信頼のおけない記事、いわゆるフェイクニュースが世の中の方向を誤らせる。新聞の読者は年々、減っていく。

「君の社のカブを売ってくれないか」

「なんですって？　東京政経新聞を買収しようっていう魂胆なんですか？」

「いや、会社そのものに興味はない。欲しいのは株式市場の平均株価を算定、公表するシステムだ。それに政経新聞に毎日載せている株式などの相場欄も買いたい。君が社長室に行くころ正式に打診する。地ならしをしてくれないか」

「俺にスパイになれと？　第一、ウチの最大最強のコンテンツを手放すなどと、本気で妄想しているんですか？　そんなの自殺行為だって俺にだってわかりますよ」

「でも、君の社の経営実態は知っているのか？　去年、デジタルで投資しただろう。有利子負債がかさんで、今期の赤字転落は避けられまい。うちに株価システムを売って、紙面にも相場欄を共有してくれれば毎年、投資ゼロの収入が約束される。両紙の提携で紙の新聞の底力は増す。競争と協調で、我が国の健全なジャーナリズムは生き残れるんだ」

一見、高邁だが、手前勝手なオファーに胖はたじろぎ、「それで、毎朝読が政経を飲み込む。策士の本性は丸見えですよ」と席を立つ。「ことが成就したら、君をわが社の社長室次長に迎えてもいい。よく考えてくれ。一敗地にまみれるまえに」と、胖の背中を伊庭が背後霊となって追いかけてくる。

その夜。胖は麻布にある行きつけのバー「リリー」でアイリッシュウイスキーを立て続けにあおりながら、来し方行く末を煩悶していた。社長室への異動の内々示を受けているのは事実だ。上司との折り合いが悪く評価は右肩下がり。こんな相場環境では編集からの追放はむべなるかな。伊庭が、もっとも脆くて弱い自分に触手を伸ばしているのは疑いようがない。彼の悪だくみに唆《そそのか》されて裏切り者に堕すのか。それとも魔の手から会社を守る救世主となるのか。

思案が堂々巡りするなか、ある人物の肖像が脳裏に明滅する。鷲尾瑛士。メディア・ジャパン・ホールディングス（ＭＪＨ）のＣＥＯ。インターネット事業や投資ファンド、メディアを傘下に持つコングロマリットの総帥だ。既存の二つの新聞を合併させて二〇〇一年四月に発足する「ビジネス新報」に編集主任として来ないか、と胖が誘われたのは先週のことだった。その男とこの男。どっちがましか。逡巡するうちに夜の帳《とばり》が落ちた。

最後に背中を押してくれたのは、胖が唯一尊崇《そんすう》し私淑している先輩・加藤周平だった。「正々堂々、勇気堂堂、天上天下唯我独尊だな。もう決めたんだろう？　ジャーナリストであり続けたい。それならば躊躇《ためら》うな。自分の信じる道をゆけ」。老子や岳飛《がくひ》、釈迦の名言を呪文のように唱えながら、人生行路の羅針盤を示してくれた。古巣に辞表を提出したその足で、東京政経新聞の社長室長に信書を手渡す。そこには伊庭の陰謀を包み隠さず記す。その後、事態がどう動いたかは知らない。胖は四月からビジネス新報の編集主任として新たな船出をした。そのときの決断が吉と出るか凶と出るか、判明するまで幾星霜待たねばならない。

二十年の光陰を重ね、その男が三度目に亡霊のように現れたのは二〇二三年暮れのことだった。その五年前に毎朝読新聞の社長に就任していた伊庭は経営の傾いた地方新聞を次々に買収して新聞事業を立て直す。デジタルの世界ではネット新聞を創刊し、系列テレビ局と組んで紙の新聞・デジタル・映像を連携、融合させ、巨大メディア帝国を築く。七〇歳を機に会長に就いた今も代表権と人事権は手放さず院政を敷く。社内では畏敬と揶《や》揄《ゆ》半々で「法皇」と呼ばれる。

「もしもし、わたしだ」。渋みの加わったその男の声はダンテの「神曲」に出てくる煉獄《れんごく》の番人・小カトーのようにも聞こえた。小カトーはシーザーに反逆の陰謀を企んだローマ元老院議員だった。「人間は理性という名をつけてそれを使うが、それはただ、どんなけものよりもっとけものらしいけものになろうためなんだ」とうそぶくメフィストフェレスをも彷彿とさせた。背筋を悪寒が走る。古傷が疼く。伊庭に特ダネを抜かれ意気阻喪《そそう》した駆け出しの記者時代。株価指数や相場欄の譲渡を持ちかけられ胃がでんぐり返った東京政経新聞の編集デスク時代。振り返れば人生の屈折点に必ずその男はいた。今度はどんな凶事が待ち構えているのか。決して福音ではないだろう。

胖は、小カトーとメフィストフェレスに魅入られるように、蛾が光に蝟集《いしゅう》するように、毎朝読新聞の秘密バーにおびき寄せられていた。ノートパソコンとスマホを駆使しながら伊庭が「メディアの興亡」をこう論断する。「我々の一世代先輩は大本営発表を垂れ流し、軍部のお先棒を担ぐばかりだった。国民を鼓舞するという美名のもと戦争をあおり、ある意味では戦犯だった。しかし、戦後の復興、高度成長を賞揚し続けた新聞が、世界の一等国の仲間入りをさせた功労者の一人であるのも疑いない。そして、金融危機、バブル崩壊、リーマン・ショック、失われた三十年から脱する処方箋を示せなかった無策もジャーナリズムの限界を示している」。長広舌は終わる気配もない。

「ABC部数を見てみろ」。伊庭は新聞の発行部数の推移を示すグラフをパソコンの画面に出して胖に見せる。全国の部数は一九九七年の五千三百万部をピークに減少の一途だ。「今年は三千万部、来年は二千八百万部、つまりピークの半分になるとわたしは見ている。まさに絶滅危惧種だ。インターネットとスマホであらゆるニュースが瞬時に読めるようになった。時代の変化に翻弄され、テクノロジーの急進展に追いつけなくなった。だがそれは理由の半分、言い訳に過ぎない。我々新聞人が国民の負託に応えられなくなったからだ」

「じゃあ、ネットニュースのように読者の歓心を買う報道がいいって言うんですか？　大衆迎合は民度を下げる。見たいニュースだけを与えられれば、フィルターバブルの陥穽《かんせい》から逃れられません。嘘八百のフェイクニュースだって蔓延しかねないんです」胖の通り一遍の反論にも法皇はたじろがない。

「たしかに、ネットニュースのユーザーは見たいニュースだけ見させられて、嫌いな情報や反対意見は遮断される。バブル＝泡のなかに閉じ込められた小さな領域が世界だと思い込んでしまう。井戸のなかに棲む蛙《かわず》が大海を知らないのと一緒だ。その井戸はぬるま湯で居心地がいい。気がついたらぬるま湯が熱湯に変わっていて、ゆでガエルになってしまう。日本全体もゆでガエルと何ら変わりはない」

「泡のなかから飛び出す、井戸から脱け出す手助けがジャーナリズムにできると？」

「そこだ。高度経済成長で国民はテレビや冷蔵庫、洗濯機、電話を手にした。それに比例して充足感、幸福感も増していった。ところが今はどうだ。パソコンやスマホ、映像、ゲーム、音楽が自在に手に入るようになった。だが幸福感は高まっているか？　世界一幸せな国と言われたブータンはどうだ？」

ブータンがどこへ行きつくのか胖が虚を突かれていると、「ブータンは物質的な豊かさよりも国民総幸福量を重視してきた。SNSを通じて泡の外の情報が入ってきても、まあまあ幸せと感じられる国になるかどうか甚だ疑問だね」と伊庭はとことんニヒリストだ。

二〇一三年、北欧などに次いで幸福度ランキングで世界八位になったブータンは耳目を集めた。しかし、情報鎖国から解き放たれ、海外の情報が入ってくるようになると、そのランキングは急下降する。二〇一九年は九十五位。バブルの外の世界を垣間見ると幸せ感は薄まり、物質的な欲求やら不満が渦巻くようになる。それから二〇二四年までランキングに登場していない。

「おたくの記者も井戸を出て、まあまあ幸せと思える環境を用意すべき時期なんじゃないか？」

「エッ、なんです？」。藪からヌッと突き出てきた棒に不意を突かれた胖は二の句が継げない。暗黒の底意を秘める伊庭の鋭い視線が痛い。間接照明のほの暗い秘密バーに幽閉されていると、閉所恐怖症に似た閉塞感が胖を襲う。先行きにも暗い未来が大きな口を広げているかのように思いは沈む。

ブランデーを掌の上で温めていた法皇は、芳醇な香りを楽しみながら「ビジネス新報を買いたい」と斬り込む。「紙の新聞が半分に減っても、記者の存在価値は決してなくならない。おたくみたいに、書いた記事の本数とアクセス数だけで記者の評価や昇進、給与までを決めるというのは、記者の幸福度につながらない。不満を抱く記者はいい記事を書けまい」

次にパソコン画面に映し出したのはビジネス新報の株主構成だった。ＭＪＨ総帥の鷲尾が証券取引法違反と犯人蔵匿の容疑で逮捕、起訴されたあと、同社は解体された。ビジネス新報はＭＢＯで経営陣が買収している。実権を握ったのが社長の椎名百合だ。鷲尾と彼の個人資産会社が保有していた株式合わせて五一％のうち、椎名が二一％、国内ファンドの内田キャピタルが二〇％、胖たち残りの役員が合計一〇％の株を買い取った。従業員持ち株会の四九％は変更ない。椎名の資金源は不明だ。外資系の投資ファンドが椎名のバックにいるという噂は絶えない。

「椎名さんはクーデターでメディアのトップの座に坐った。リストラだけでなく、ネットニュースを強化して有料メルマガを創設したのは炯眼《けいがん》だね」と伊庭は表向きは評価する。返す刀で「しかしね。人減らしは苛烈だったし、成果主義、結果主義、効率を重視する社風は社員のモチベーションを損ねているんじゃないか。優秀な記者がどんどん辞めているとも聞く。今期は赤字を免れまい」と痛いところをつく。

「伊庭さんの新聞は一見、磐石そうに見えて、デジタル部門、ネットニュースが弱い。そこでウチが欲しいんですね。で、条件は?」と胖が単刀直入に訊く。

「まずは株の過半数を獲りたい。君と従業員持ち株会を味方につければ成立する」

「また俺をスパイや反逆者に仕立てて会社を裏切れと? 前の会社の株価算定システムや株式欄の買収では失敗したはずです。懲りないお方だ」

「同意のうえでの友好的な買収だよ。この夏に、経済産業省が企業買収における行動指針をつくった。このところ同意がなくとも双方がウイン・ウインなら買収が成立する事例が増えている。要は椎名さんや持ち株会を口説き落としてくれればいい」

「提案は伝えます」。こう辞去した胖は、伊庭が「さん」付けでなれなれしく呼ぶ椎名に、水面下で直接コンタクトしていたことまでは知らされなかった。ましてや、毎朝読の枢要なポストをちらつかせて彼女を取り込もうという悪辣な陰謀があったとは――。

コンドル、イーグル、クイーン

大山胖が麻布のバー「リリー」で椎名百合と落ち合ったのはその夜の十時だった。伊庭の買収提案を気もなさそうに聞いていた百合は「あり得ない」と一刀両断だ。むろん、伊庭からの陰鬱な提携やスカウトをほのめかされた件など、おくびにも出さない。「実はほかの話もあるのよ。花嫁一人に婿のなり手が二人ってわけ」とニヤリ。

「面食らったな。どんな婿？」

「さあ？　当ててごらんなさい。あなたにもおなじみの外資系ファンド」

「まさか、コンドル？」

「正解」とウインクした百合はコンドル・パートナーズCEOのロジャーズから先週、国際電話がかかってきて、ビジネス新報の買収を申し入れてきた顛末を白状した。コンドルは世界に拠点を置く巨大投資ファンドだ。日本ではバブル経済崩壊の前後に流通再編の嵐が吹きまくるころ、幻に終わったスーパーなどの四社合併構想に絡んできた。二〇〇五年に勃発したＣａｐテレビの経営権取得をめぐる抗争にも暗躍している。当時、ＭＪＨのＣＥＯだった鷲尾の秘書が椎名百合だった。あれから十八年。ロジャーズと百合が昵懇《じっこん》の間柄になっていたとしても驚かない。

「最初からお手盛りの筋書だったのか？　二〇一五年に俺たちでＭＢＯしたとき、百合はポンと二一%、六千万円ものカネを出しただろう。バックにはロジャーズがいたのか？」

「まあ、ご想像にお任せするわ。別におカネに色はついていないでしょ」

「福澤諭吉の札のすかしにロジャーズの顔が浮かび上がって見える。だとすると、二〇%を出資した国内ファンドの内田キャピタルも、そこから派遣してきた取締役の内田もグルだったのか？」

「どうかしら。来週、臨時取締役会を開いてわたしから売却を提案するつもり。そのときにわかるはずよ。あなたも賛成票を投じてね。今のままじゃ、資金が底をつく。あなたが出資した、なけなしの千五百万円もただの紙くずになってしまう。退職金を前借りしたんだったわね？　ディールが成功すれば額面で買い取るわよ」

胖の持ち前の反骨精神がむくむくと頭をもたげてきた。「俺は俺の道をゆく。ビジネス新報という看板と、記者たちにとって最善の道を探すよ」。胖の百合に対する宣戦布告だった。しかし、タイムリミットは一週間しかない。

社長と訣別した胖は翌朝、神田神保町にあるいきつけの喫茶店で、鉄砲玉の天童弘樹と元気いっぱいの花井恵梨佳、通称「元気玉」コンビと朝食をともにしていた。人望のない彼にとって、数少ないシンパであり、二〇〇一年にビジネス新報に転じて以来の戦友でもある。天童は胖の後任の編集長として取締役に名を連ね、花井は編集主任に就いたばかり。三人の行路は惑星直列のようにつながっている。

天童：懐かしいなあ。大山さんが編集主任のときと、編集長になってから何回ここをオペレーションルームに使ったか。

花井：Ｃａｐテレビ買収合戦の取材のときね。二〇〇五年だからわたしは入社五年目だった。

胖：恵梨佳も若かったなあ。ピチピチギャルで元気いっぱいだった。ちょっと太った、もとい、すっかり貫禄がついてきたなぁ。

花井：相変わらずね、ピチピチギャルなんて死語よ。だいたい、このご時世、太ったのなんのって、それにその値踏みするような、いやらしい目つき……。不適切にもほどがあるわ。奥さんからデリカシーがない、無神経、他人《ひと》のことを考えない、って言われ続けているんでしょ？　早く引退した方がいいわ。

胖：そうだね。俺も今年六十六歳だ。来年取締役は退任する。その前にもう一花咲かせたい。

天童：それが呼び出された理由ですね？　今度は何の陰謀会議だろうって楽しみにしてきたんです。

胖：元気玉コンビの再結成だな。天童は今や五十にして天命を知る最若手の取締役か。恵梨佳は社員持ち株会のボスだ。そこで二人に相談がある。実は我が社の身売りが密かに画策されているんだ。これを見てくれ。

胖は前夜まとめたビジネス新報売却をめぐる三案を二人に示す。A案は社長の椎名とコンドルによる買収。B案は伊庭が率いる毎朝読の買収。C案は何も書かれていない。現状維持、もしくは別の手立て、たとえば自力更生の絵図を想定している。

しばし読みふけった天童が言う。「A陣営はすでに四一%、Bは目下ゼロ。過半数を占めるまでプロキシーファイト、つまり委任状争奪戦みたいですね。で、俺のミッションは取締役の意向を隠密裏に探ること。違いますか?」

「さすがに勘がいいな。ついでに二〇%持っている内田キャピタルの内情も取材してくれ。恵梨佳はわかっているな、社員の世論調査だ。自力で再生するC案もおのおの出すこと」。胖は三日後に答案を持ち寄ろうと約してこの場は散会した。

そして三日後。新橋の居酒屋の個室では三人の鳩首《きゅうしゅ》会議が真っ盛りだ。コンドル陣営と毎朝読の伊庭が椎名に示した具体的な連携策の概要は胖がすでに入手していて、一覧表にまとめてある。元気玉コンビも取材結果を紙にしていた。社内のメールは厳禁だ。椎名がシステム部門に手を回せば傍受するのはたやすい。

「遅れてきて申し訳ありません。さっき会ったネタ元がやっとゲロしました」。鉄砲玉はすっ飛んでくるなり、立て続けにビールをあおる。「吐くほど飲むなよ。ネタ元がいったい何を吐いたんだ」と胖が促すと、天童は得々と意外な裏話を吐露し始めた。

天童はこの三日間、内田キャピタルの正体を暴くことに躍起となっていた。内田は、スタートアップ企業や大学から派生したベンチャーへの出資、転売で名を馳せるファンドを傘下に持つ。取材先を当たっていると、内田に煮え湯を飲まされたという東大のX教授に出会う。研究室で開発した医療機器の事業化に内田が出資した。軌道に乗るや内田がアメリカのファンドに持ち株を転売、相当な利益を得た。しかし、そのファンドもアメリカの医療機器メーカーに売り渡し、開発者本人のX教授の権利は著しく毀損された。特許の権利関係をうやむやにしていたためだ。今度もまたぞろ転売を狙う手口なのか？

「それで、意外な鉱脈を掘り当てたんです。誰だと思います？」。鼻をうごめかす天童に
「もったいぶらないで教えてよ、センパイ」と恵梨佳。

「元ボス。その正体は鷲尾さんだったんです」

虚を突かれた胖は「なんだって？　鷲尾さん、逮捕されて実刑三年の判決だったよな。収監されて、何年か前にシャバに出ているはずだ。お前、さっき会っていたのか？」と幽霊を見たかのような顔つきになり、「元気だったか？　今何をしているんだ？　悪さはし

ていないか？」と矢継ぎ早に訊く。

「元気玉の上をいくテンションでした。孤島を買い取ってネバーランドにするんだとか、北海道で再生エネルギー基地を作るんだとか、夢みたいな大風呂敷を広げていましたっけ。保釈金や追徴課税をたんまり払っていたのに、まだどこかにカネを隠し持っていたんですね。株主代表訴訟も長引きそうなのに」

「元ボスの夢とかカネとか訴訟なんてどうでもいいわ。鷲尾さんと大学教授、それにビジネス新報の買収とどう結びつくの？　説明になってない！」。恵梨佳が口をとがらせるのももっともだ。

韜晦《とうかい》じみた表情で語り始めた天童は取材メモ帳にこう書きつけた。

　ビジネス新報＝椎名（二一）内田（二〇）計四一％＝コンドル・ロジャーズ＝アマゾネス

何やら判じ物めいているな、と覗いていた胖がにわかに「アマゾネスってあのメディア帝国の女王様か？」と目を見張る。したり顔で頷く天童が謎解きをしてみせる。

アマゾネスはカリフォルニアで産声をあげたメディア企業。事業に躓《つまず》いてオーストラリアに本拠を移して以降、かの地のメディアを席巻、ベンチャー投資育成ファンドで成功し、ニューヨークに逆上陸した新興企業集団だ。とりわけクイーンと称される創業者はベールの奥に潜んでいて表に顔を出さない。

そのクイーンがロジャーズと親密な間柄だと口を割ったのが鷲尾だった。これまでもクイーンの餌食になったメディアはロクな末路を辿っていない。「コンドルにイーグル（鷲尾）に獰猛なクイーンのお出まし。悪の結託みたいね。でも、なんでX教授にイーグル将軍がまとわりついてくるの?」。恵梨佳は業を煮やす。

胖のスマホの振動音。椎名からだ。「今回のディール、水入り。気になるネタをつかんだ。決着は来年（二〇二四年）春」。用件だけ伝えるとプツンと電話は切れた。「いったい、なんですか?」と問う天童に胖は「もう一人のクイーン、谷間の百合さまからだ。結論は来春だと。何やらネタをゲットしたらしい。俺たちも仕切り直しといこう」

果たしてどう決着に向かうのか。M&Aを司る神さまや女王さまの天秤は気まぐれだ。

◇

大山胖と幽明境《ゆうめいさかい》を異《こと》にする父・立志《たつし》と岳父・草壁俊英が、メディアについて上の空から論評にかまびすしい。

立志「新聞に昔日の面影はありませんね。スマホやパソコン、タブレットで、即時に簡単にただでニュースが読める。便利になったものです」

俊英「ネットニュースはフェイクや嘘が混じっているかもしれん。信じ切るのは危うい。自分が目にする情報だけ読んでいると、誰かの意図に操られて洗脳されかねない。ニセ動画やディープフェイク、ダークウェブ。闇は深い」

立志「AI（人工知能）が、知りたい情報をかなり正しく教えてくれます。それをもとにして人間にしかできない情報処理をすればいいのではないでしょうか」

俊英「甘いな。百歩譲って人類がAIとうまく共存したとしよう。それでも偽情報がばらまかれたり機密情報が漏れたりしたら手に負えん。プライバシーの侵害やサイバー攻撃だって脅威だ」

立志「テクノロジーの急進展が悪用されかねないと？」

俊英「我々が太平洋戦争の戦地にいたころ、アメリカはナチスの暗号を解読するためにコンピューターを開発した。この天空から、殺戮兵器や宇宙開発を俯瞰《ふかん》してみろ。技術進歩が、戦争と平和に密接に関わっていることがよくわかる。ロシアとウクライナのドローン（無人機）攻撃とか、イスラエルとパレスチナの紛争にせよ、米中の覇権争いにしろ、米ロのハッキングだってAIがカギを握る。テロの道具や世論の誤誘導、選挙妨害に使われたらどうなる？」

立志「やはり各国が話し合って何らかの規範を作らなければなりませんね」

俊英「シンギュラリティーといって、二〇四五年にAIが人類の知能を超える転換点になるとされている。そのころ曾孫たちは二十歳を過ぎて社会に出ているころだろう。今、ユウたちが平気で使っているスマホやタブレットが陳腐化していても不思議ではない。二〇五〇年には世界でスマホが姿を消して、目に情報端末を装着しているかもしれないって日本経済新聞に書いてあった。SFの世界が曾孫世代には実際に起きるんだ」

立志「わたしも読みました、その記事。触覚もデジタルで再現され、メタバース（仮想空間）で現実のように楽しむ時代になる。ただ、そのころに紙の新聞って残っているでしょうか。畢竟《ひっきょう》、AIとロボットがほとんどの仕事を肩代わりするようになっているのでしょう」

俊英「人口の半数を占めるデジタル世代が新しいライフスタイルを生む。それならよい、今いる世代が誤った選択をしてはならんな。二〇二四年は様々な国の大型選挙が当たり年だ。その裏でどれだけAIを使った陰謀と陥穽があったか想像できるか？　十一月のアメリカ大統領選だって、世界で巻き起こっている政権交代だって、民意が正しく反映されたのかどうか、わたしは怪しいと睨んでいるのさ」

立志「日本でも二〇二四年秋の知事選や市長選でSNSによる偽情報や候補者への誹謗中傷がありましたね。匿名の陰に隠れて、何を言ってもいいというのは、いかがなものかと思います。首相が国会で法規制も含めた対応を検討すると答弁しました。表現の自由と、悪質な中傷やプライバシー侵害・名誉棄損の二律背反の問題を、テクノロジーの急進展が先鋭化させています」

俊英「近ごろ、ＳＮＳを悪用した闇バイトが社会にはびこっている。犯罪の実行役で捕まっているのは決まって若い人たちだ。若い世代に格差や貧困、社会への不満、不安が蓄積していることも背景にある。戦後八十年、我々世代が安住していた税制、年金、医療福祉制度を、今いる世代が根っこから変えていかなければ子や孫の世代に禍根を残す。負のスパイラルをどこかで断ち切らないと、この国の向かう先は闇になりかねん。闇バイトや偽情報の投稿をやめさせるとか、何らかの規範を作らなければならん」

第11章

三トラ会とシマイズ

~相剋《そうこく》と共助　二〇一三年~

トラ会＝大山三兄弟恒例の飲み会は二〇一三年の夏、博多で始まった。長男・諭《さとる》の司法修習の地に向かう新幹線に乗っている間じゅう、次男・尊《たけし》と三男・聖《まさし》がテレビゲーム「三国無双」に夢中だ。中国三国時代の英雄に三人が憑依《ひょうい》して相剋する。尊は呉の孫堅《そんげん》、聖は諸葛亮孔明がお気に入りのキャラだ。魏の曹操びいきの諭が博多で出迎えた。さっそく水炊きの老舗に弟二人を案内する。

三兄弟の確執と交差点

ひとしきりゲーム談議に花が咲く。「俺、孫堅みたいに『江東の虎』になれそうにない。それなら『博多の虎』にでもなるしかないな」。尊のぐでんぐでんの放言が、三兄弟の「トラ会」命名の由来になった。

「友達と約束があるから。お前らこの辺で適当に飲んでいてくれ」と勘定を済ませた諭がいそいそと夜の帳に消えてゆく。取り残された弟二人は「あ、行っちまった」「適当にって言われても。いくら持ってる？」。財布を見せ合う。足して二千円少々。心もとない。「あの店、焼鳥一本八十円からだって。焼酎も安いぜ」。一決した。

「焼酎のお湯割り二杯！　それと皮二本とおしんこください」。懐と相談しながらのケチケチ飲み会が始まった。「おい、あと一杯しか飲めないぞ」。二人ですすりあっていると、ポンっと諭が二人の肩を抱く、というよりのしかかる。重い。暑苦しい。「お前らこれしか頼んでないのか。焼き鳥盛り合わせと明太子、生ビール四杯追加！」。長兄の登場で景気が回復した。「よし、俺の家で飲みなおすぞ。山本も一緒だ」。振り向くと諭の修習同期の山本隆が朱面で笑みを漏らす。

「バリ、うまいな、この明太子」。山本はナゾの博多弁を駆使して焼酎のロックを喉に流し込む。大酔して陥落した三男に毛布をかけていた次男も青息吐息だ。ふと見ると、諭と山本が聖の顔にサインペンで落書きしている。「こいつら悪魔か」。憤った転瞬、尊の記憶は飛んだ。

二回目は翌二〇一四年春、母方の大叔母・東條春子を訪ねた駿河のトラ会だった。昼は雄大な富士山と青々と澄んだ駿河湾を一望しながらゴルフ三昧。夜はマグロやキンメ、生シラスを肴に親戚が集まった酒宴。三兄弟はこの夜も大トラになった。

「これ、鉄砲の弾？」と訊く聖の視線の先、床の間に第二次世界大戦中の銃弾が飾られている。「戦争中は大変だった。松並木を歩いていたら敵機襲来のサイレンが鳴ったのよ。空襲してくる敵のパイロットの顔がはっきり見えた」と春子は七十年前の悪夢を、まるで昨日のことのように語り出す。機銃掃射。慌てて木の陰に身を寄せた。敵機が飛び去ったあと、亡くなったり手足がもげた人もいて、春子は思わず立ちすくむ。後でこう悟った。「あんなところに隠れても無駄だったんだわ」と。

あくる日、春子はその松並木に三兄弟を連れ出す。「あの丘のあたりに軍需工場がたくさんあったのよ。空襲ですべて壊された。わたしたちに機銃掃射を浴びせたのは、行きがけの駄賃だったのかもしれないわね。自分の歳や昨日何を食べたか忘れちゃっても、あのパイロットの眼だけは忘れたくても忘れられないの。戦争なんて絶対にしちゃダメ」。普段快活な春子の声音がこのときばかりは重々しく湿った。

「あー、止まらない、止まらないよ〜！」。尊の悲痛な声。三兄弟は駿河からの帰り道、交代で車を運転していた。諭からバトンを受け継いだばかりの尊は二宮あたりを軽快にドライブ中。ところが一転にわかに空がかき曇り、雪が降り出す。慎重に走っていたつもりが、粗忽者の操る車は電柱に衝突してしまう。「JAFを呼ぼう」と電話してもなかなか来ない。

「俺、明日早いから電車で帰る。お前らすまん。車を運んでもらってからこの辺で適当に泊まってくれ」と諭は弟二人に託す。「いつも専制君主だよね。ふとるクン」。聖は本人がいないときは、さとると太るをもじってこう呼ぶ。車をレッカー移動してもらってから、二人は途方に暮れた。いくら探してもホテルも旅館もない。「タケちゃん、あれ」。聖が指さす先には赤いネオン。「ラブホ（テル）じゃんか」「しかたないよね」

部屋で缶ビールをちびちび味わう。味気ない。「なんか侘しいね」と意気消沈だった兄弟も酒が進むにつれテンションを持ち直す。「こういう経験もなかなかできないよね」「本当のトラになって、ナンパしにいくか？」「春子おばさんの悪夢みたいに、一生忘れられないホテルになるよね」。予想通り、年に二、三回のトラ会のたびに「二宮のトラになれなかった会」の話題が出ないことはない。

トラ会の話題ナンバーワンは酒のうえでの失敗談だ。ぐうたらオヤジ胖《ゆたか》の負の遺伝子から逃れるすべを三兄弟はまだ知らない。

諭の失敗＝二〇一六年、明日香との結婚式前夜。高校野球部同期の飲み会。しこたま飲んで正体をなくす。当日、新郎が行方不明という前代未聞の珍事。弟二人が捜索隊として派遣される。タクシーで自宅に向かう。いたいた。ソファで眠りこけている。重い。二人がかりで担ぎあげ、ようやく式に間に合う。新婦は「ぎりぎりセーフね。ま、いいか。ドンマイ」と動じない。

尊の失敗＝二〇二〇年、医大時代の後輩の結婚式。二次会の幹事を務め、テンションはマックス。三次会、四次会、そして正体をなくす。バスケ部二期後輩のキャプテンが自宅にかつぎこむ。「前科三犯ね」と、かなえが呆れ果てる。尊は禁酒三か月の刑を自らに科す。執行猶予はない。

聖の失敗＝二〇一八年、中国地方の駅伝実況を控えていた。先輩との飲み会で正体をなくす。朝、なんとか羽田空港に滑り込む。ところが台風で欠航。新幹線と在来線を乗り継ぎ目的地に着いたころには日付が変わっていた。先乗りしていた先輩にガチギレされると思いきや「お前、心が折れずによく来られたな」。翌日の本番。「遅刻したから、これが最後だ。悔いが残らないように誰よりもいい実況をしよう」と臨む。気持ちが吹っ切れて、いつになく上出来だった。どうにか次の実況にも呼んでもらうことができた。

聖は二〇二三年にスポーツ局から報道局社会部に異動した。憧れの警視庁捜査一課の担当。三人一チームのなかで「三番騎」と呼ばれる一番下っ端。「仕切り」の上長に尻を叩かれ、警視庁管内の事件事故に夜討ち朝駆けの毎日だ。

「大山ちゃん、大変な事件が起きているよ」。日ごろから食い込んでいた警察官がそっと耳打ちする。SNSを使って自殺願望のある女性を集めて次々と殺害したという事件だ。「被害者は五人?」と左手を広げてみる。「いやいや」「六人? 七人?」頷《うなず》かない。右手を四本立てたときだった。表情が心なしか動く。「九人?」。わずかに顎を引く。すわっ。副署長にウラを取る。報告を受けた「仕切り」が捜査一課長に当ててスクープとなる。もちろん、勇み足で大目玉をくらったことは枚挙にいとまがない。

「呼吸困難に陥った大学生を人形町の病院に救急搬送してきた。かなり重篤だ。たまたま家族が泣き叫ぶ愁嘆場《しゅうたんば》を見ちまってな。もめるかもしれんぞ」。ある事件で懇意になっていた東京消防庁の隊員から、寝床に入ったばかりの聖の携帯に報せが入る。もしや、医療事故？　タクシーで病院に駆けつける。どうやらその患者は助からなかったらしい。しかし、詳しい事情は教えてもらえない。院内をうろつきまわると、患者の母親の泣き叫ぶ声を耳にする。

「どうされましたか？」。聖が名刺を差し出す。母親は悲嘆と疑念を押さえきれず「あんなに元気だったのに急死するなんて不自然よ。病院の対応が悪かったに違いない。医療ミスに違いないわ。訴えてやる」と激情を吐露する。

「業務上過失致死、つまり刑事事件が疑われるなら警察に訴えるべきです。民事でも損害賠償を求める手はありますね。わたしのまた従妹の弁護士を紹介しましょうか？」と言う聖に、母親は「わかりました。お願いします」と答える。

数日後、聖は所轄警察署の広報担当を兼ねている副署長に夜回りする。「人形町の窒息死の事案、遺族から医療ミスではないかという訴えが来ているでしょう？　受理されましたか？」直裁《ちょくさい》に訊く。「訴えは来ているようだが、今のところミスを示す証拠があがっていない。動いても無駄じゃないかなぁ」と副署長は煮え切らない。

母親は病院に談じ込む。「死亡診断書にあるように、死因は急性喉頭蓋炎《こうとうがいえん》です」。担当医の説明は歯切れが悪く、過失は決して認めない。経緯を調べた病院側は「喉の病変と診断するまでに時間がかかってしまった。それまでの間に気道確保ができていれば」と、うすうす認識してはいる。「未来ある息子がなぜ死ななければならなかったのか、ちゃんと調べてください。訴訟を起こすつもりです」と言う遺族に「精査してお答えします」と病院長名の文書を手渡した。

その数週間後、諭は、また従妹の佐伯智美から新橋の居酒屋で相談を受ける。

「諭君、医療過誤の問題に詳しい？」

「いや、扱ったことはないよ。何か悩み事？」

「ある大学生が窒息死したの。ご遺族によると何度もたらい回しされていて、不手際が重なっている。病院を訴えたいってうちにお見えになったの」

「それって、人形町の案件じゃない？」

「えっ？　諭君、知っているの？　もしかして諭君の事務所が病院側に付いてるの？」

「うちのチームじゃないけどね。それ、タケ（尊）の後輩の病院らしいね」

「そうなの。タケちゃんに相談してもお門違いだろうな？　知り合いの看護師に訊いてみたら、適切な医療措置を怠った疑いは否定できないだろうって」

「病院は簡単に過失を認めないだろう。エビデンスはあるのか？　たとえば救急医の対応や手術を録画したビデオとか、医者や看護師の証言とか」

「ビデオや手術中の記録の提出は病院が渋っている。倫理委員会で精査している間は証拠の提示は望めそうにないの」

「医療ミスの論証は難しい。最終的には示談に持ち込むしかないだろうな」

　智美は木で鼻を括《くく》ったようなまた従兄の態度にいらだちながらも、カナダのプリンス・エドワード島での母・幸子の述懐を想い出していた。「医療にまつわる事件になんて巻き込まれないでね」。図らずも幸子が気にかけていた医療事件に智美は遭遇している。

　医療トラブルをめぐって対立するトラ会構成員の三人。諭は病院側の弁護士事務所、尊の後輩は病院関係者、聖は取材報道する立場だ。

　三兄弟にはこれまで確執や相剋もあった。諭は尊を「小さいころからイヤイヤ、と文句ばかり言う。負けず嫌いで融通の利かない頑固者」、聖を「甘ったれで遊んでばかり。努力しない末っ子の典型」と辛口に評す。尊は諭を「自負心が慢心、油断になる専制君主。上から目線。弱いものの思いを斟酌しない」、聖を「勉強でもスポーツでも持って生まれたスペックは高い。でも褒められても伸びない。叱られたらすねる」と評価しない。聖は諭を「大食漢。図体がでかい、太い。態度も図太い。デリカシーとは無縁。近寄りがたいほどに暴君」、尊を「中学受験で合格予想が五％なのになんで合格したんだ。不器用なくせになんで医者、しかも外科を選んだんだ。理解できない。浪人のころは機嫌が悪いし一緒に遊んでくれないし」と畏敬半ば敬遠半ばの思いが渦巻く。この三角関係、それぞれに正鵠《せいこく》を射ている。

今回の医療事件で同じ船に乗る諭と尊は、聖を他人《ひと》の不幸をネタにしようなどとは噴飯ものと悲憤慷慨《ひふんこうがい》する。末弟は、不満たらたらだ。アナウンサー時代の失敗談や、スポーツ局で有名アスリートに的外れな質問をして呆れられた抱腹絶倒の秘話を披露して警察・消防関係者と培ってきた人間関係。それを活かしてせっかく自ら聞き出したニュースなのに、取材に協力してくれないなんて冷たい兄貴たちだ、と。ところが、兄たちは甘えるんじゃない、と一刀両断だ。一方、また従妹の智美にとって、諭と尊はいわば敵方だし、いくら遺族を紹介してくれたといっても報道機関の端くれである聖にうっかりしたことは言えない。微妙な四角関係、どんな結末を迎えるのだろうか。

トラ会では虚心坦懐《きょしんたんかい》に悪口雑言を浴びせ合ってきた三兄弟だが、その甲斐あってか、長兄はデリカシーの持ち合せは乏しくとも、自負心と強引さで企業法務の道をひた走る。次兄は看護師から「早く手術してもらっていいですか」とせかされても、先輩医師に叱られても、持ち前の負けず嫌いでなにくそと這い上がる。末弟は努力はチョイ出しに見えても、永久凍土からマンモスが顔を出すように、長期冷凍保存していたスペックが徐々に解凍され出す。

二〇二一年のトラ会。「お父さんは俺にばかり厳しくて、冷たいと思わない?」と尊はちょっと深刻な面持ちだ。「そんなことはないだろう。なんでそう感じるんだ?」と問う諭に「小学校の野球部のとき、ノックでバン振りしてくるし、バスケに転部したときは不満げだった。浪人した早々、ニートみたいになってぶらぶらしていたら、何やってんだって露骨に怒鳴られた」とこぼす。父は寛容さが足りないという言葉を飲み込みながら

「やっぱり、俺が草壁家の養子になったことが根っこにあるんじゃないかな」と尊は訝《いぶか》る。聖が「姓は違ったって俺たちは一生兄弟だよね。お父さんだって同じだよ」、諭も「一度、腹を割って二人で話してみろ」と促す。「そうだね。子どもが生まれたら少しは変わるかな」と尊は一縷の望みを抱く。

シマイズ、依拠と扶助

三兄弟の葛藤、軋轢をよそに、大山明日香と草壁かなえが「シマイズ」を結成したのは二〇一二年だった。同じ立場で依拠し共助し合う。前年に長女みことを出産していたかなえは、フィラデルフィアにいる明日香に電話をかけ、たびたび育児の助言を仰ぐ。

「夜泣きしてろくに眠れないんです」

「赤ちゃんは泣くのが仕事だからね。お腹がすくのは健康な証拠よ」

「仕事を離れることも不安です。当分、復帰できそうもありません。焦りが出てしまって」

「わたしはデザインの仕事だから在宅でもできる。医者は大変よね。ともかく焦りは禁物よ。赤ちゃんはお母さんの気もちの変化は敏感に察するし……。タケちゃんは協力してくれるんでしょう？」

「はい。料理も洗濯も手伝ってくれます。レシピもだんだん増えました」

「いいわね。諭くんはカレー専門。悠真とよく遊んでくれるし、紗耶香のおむつも替えてくれている。お義母さんが言っていたけど、お義父さんは諭君が生まれた日は飲んだくれていたんだって。タケちゃんのときは札幌に転勤していて、お義母さんは東京で産んだそうよ。マー君に至っては春子叔母さんが札幌まで二週間も面倒を見にきてくれたって。おむつも替えてくれない。それに比べればだいぶましよ」

「そうですね。共働きとなると、夫の理解は欠かせませんね」

「そうそう、日本に帰ったら気晴らしにコンサートに行きましょう。子どもは夫に任せて」

有言実行。二〇二三年末、シマイズは共通のファンがいる若手アイドルグループのコンサートに出かける。たまには家事と育児を忘れて、おしゃれもしてみたい。武道館で声がかれるほど歓声をあげ、はっちゃけた。「せっかくだから、ちょっと一杯どう？」「いいですね」。阿吽《あうん》の呼吸で赤坂にある日本酒バーへ。

「ユウちゃんの保育園は決まりそうですか？　サヤちゃんが生まれて二人でしょう？」

「それがね、政府は少子化対応で待機児童ゼロなんて標榜《ひょうぼう》しているくせに、都内でも場所やタイミングで難しいの。せっかく増やした保育所も四割は余っているなんて記事も読んだ。どう考えても政策と実態が乖離しているとしか思えない。ユウはどうやら押し込めそうだけれど、サヤちゃんは当分無理でしょうね。今は送り迎え用にママチャリの猛特訓中よ。みーちゃんはどう？」

「近所は軒並みNGでした。職場に近い武蔵野で探しています。でも、保育料がとっても高くて困ります。家のローンもありますし、何が何でも年明けから完全職場復帰しないと」

「仕事と育児で目が回るようね。せいぜい来年のハワイ旅行では羽を伸ばさせてもらおうよ。男性陣に子どもの世話を頼んでショッピングやグルメ、楽しみね」

「今年の一族ハワイツアーはマー君がコロナにかかっちゃって自室隔離されて可哀そうでしたね」

「大山家は二〇一一年から毎年ハワイが恒例なんだって。お義父さん、最初は家族五人だったのが二倍に増えた、女性比率は二割から五割になった、って喜んでいた。あら、こんな時間。そろそろ愛しい子どものもとに帰ろう」

◇

諭・尊・聖の三兄弟の祖父である草壁俊英と大山立志《たつし》が地上のトラたちの行状を見て、こんなことを話し合っている。

立志「わたしは長男ですけど、諭は惣領の風格を備えていて頼もしい。草壁さんは次男ですよね」

俊英「それが何か？　次男は二番目というだけで、特別な意味はないな。古代中国では次男で活躍している英雄が多い。まず隋の煬帝《ようだい》がそうだ。聖徳太子が『日出づる処の天子、書を日没する処の天子に致す。恙無《つつがな》きや？』と国書をしたためた。やはり次男の、唐の太宗・李世民《りせいみん》は中国史上最高の名君と評価されている。ある方士が『桃李の子、天子たらん』と予言した通りになった」

立志「藤原不比等は鎌足の次男ですし、その不比等の次男房前《ふささき》が継いだ北家が、藤原摂関家の主流になりました。時代は下って真田幸村も次男です。ＮＨＫの『真田丸』は面白かった。幸村は兄の信之と『犬伏の別れ』で袂を分かって大坂の陣で奮戦します。敗れても幸村の次男の大八が仙台藩士となって家を守るんですね。わたしの先祖は仙台だから興味深い。その伝で言えば、わたしが赴任していた岐阜で知名度の高い木曽義仲も次男でした。平家を追い落とし都に入って朝日将軍と称された」

俊英「滅ぼした源頼朝は義朝の三男、つまり義仲とは従兄弟だった。頼朝が成敗した弟の義経だって、静御前から見れば今若・乙若・牛若の三兄弟の三男だ。兄弟や従兄弟の反目、骨肉相食む殺戮は源氏のお家芸だね。わたしの地元の駿河では徳川が英傑ナンバーワンだ。家康が三男の秀忠に家督を譲ったのは、乱世に終止符を打つ意味では正解だった」

立志「ＮＨＫ大河ドラマ『光る君へ』の藤原道長は母の時姫にとっては三男で、父兼家も三男でした。永井路子によると、道長はせいいっぱいいやる、というより、ま、どうでもいいや、という「ケ・セラ・セラ」的な性格だったらしい。聖や悠真はその系譜かもしれません。ともあれ我々の子孫を見渡すと、取るに足らない諍《いさか》いはあったとしても、血族でいがみ合う心配はなさそうです」

俊英「悠真たちの子や孫がこの国に生まれてきてよかった、と思えるようにしないといけない。その第一歩は家族、親族だ。三兄弟たち現役世代がいい家庭をつくることが、いい国造りの基礎になるんだ」

第12章

明日を信じて

~家族と家庭　二〇二四年

二〇二四年元旦。東條春子の家で恒例となった麻雀大会が開かれている。大山胖《ゆたか》と諭《さとる》、尊《たけし》、聖《まさし》の三兄弟が卓を囲む。のぞみと叔母の春子、それに諭の妻・明日香と尊の妻・かなえの女四人は、悠真、みこと、紗耶香の第三世代と遊びながらおしゃべりに夢中だ。

と、そのときだった。「午後四時十分ごろ、石川県能登半島で最大震度七の揺れを観測する大地震が発生しました」とNHKが緊急速報。次第に被害が甚大であることが判明していく。

「友達がたくさん住んでいるんです」。加賀医大出身のかなえが慌てて知人に連絡を取り始める。「一昨年、みんなで泊まった和倉温泉の加賀屋も大変みたいです」

「亡くなった夫の実家はどうかしら」。春子が富山の親戚に電話する。「ああ、よかった。棚やテレビが倒れたけど、けが人はいないって」

かなえの報告で尊の記憶が蘇る。あれは、昨秋、救急医の学会で仙台を訪れたときのこと。学会の合間を縫って石巻の、みやぎ東日本大震災津波伝承館を訪れた。ふと見ると

「869年　貞観《じょうがん》地震津波」のパネル。千百年以上前、平安時代にも東日本大震災に匹敵するほどの津波に襲われた。雷鳴のような海鳴りが聞こえて潮が湧き上がり、川が逆流し、津波が押し寄せて、甚大な被害をもたらす。人智を超えた自然の猛威に、人間の無力さと寂寞感に苛まれる。医師として何か役に立つことができただろうか。煩悶するうちに――。

「大地震が起こったあと、自然の回復力と人民の努力が結合して、頑張っているうちに、自然がひとりでに回復する、世直しじゃない、東洋は世直りなんだ、って福澤諭吉が大隈重信に言ったらしいぞ」。胖が荒俣宏の「福翁夢中伝」を披歴しながら、一人悦に入っている。場の空気を読めていない。

一月二日。大山家では恒例となったすき焼きパーティーの準備に女性陣が立ち働いている。男性陣はすでに酩酊一歩手前の領域に差し掛かろうとしていた。

と、そのときだった。羽田空港に着陸した日本航空機と、地震で被災した金沢に救援物資を運ぼうとしていた海上保安庁の航空機が衝突した。飛行機は炎上したものの、全員が無事に脱出できた。あわやの大惨事を救ったのはキャビンクルーの冷静沈着な誘導だった。「これは奇跡よ。あんな火焔のなか、乗客乗員が無事に避難できたのは」。キャビンアテンダント出身ののぞみが驚愕と賞賛を隠さない。
地震や災害は飽きることなく、しつこくこの星を襲う。忘れていなくてもやってくる。

九〇一年、文章・学問の神さま菅原道真は讒言《ざんげん》により、失意のうちに大宰府に左遷される。そのころ京の都で大地震や日照り、流星などの天変地異が相次ぐ。これは道真の祟りに違いないと、太宰府天満宮が建立された。一一八〇年の大地震は平家滅亡の端緒となる年だった。以仁王《もちひとおう》の挙兵、源頼朝の石橋山の合戦が起きている。一五八六年の天正地震では豊臣秀吉が家康征伐をあきらめた。一八五〇年代に頻発した安政大地震は、黒船来航から安政の大獄、そして幕末維新へと大きく針路を転換する時期でもあった。

地震や災害は歴史の転換点に立ち会ってきた。あるいはマグマをためこんで解き放った結果が歴史を変えてきた。一九九五年一月の阪神淡路大震災は大山家の親戚佐伯家を、そして二〇一一年三月の東日本大震災では多くの人々の人生を奈落の底に落とす。二〇二四年も年明け早々の惨事が様々な光陰を誘発していく。大山家にとっても矢のように陰と陽が明滅する。

ビジネス新報買収の行方

三月、大山胖は作戦ルームとしている神保町の喫茶店で天童弘樹と花井恵梨佳の元気玉コンビと鼎談《ていだん》していた。彼らが勤めるビジネス新報は二つの勢力から買収の打診を受けている。「谷間の百合、もとい、わが親愛なる椎名社長の企てが判明した。椎名が内田キャピタル、コンドル、アマゾネスと企むA案と、毎朝読新聞のB案を天秤にかけている。売却の値段をかさ上げしようと両陣営に競い合わせている。計算高い社長だ」と胖が口火を切る。

「三か月結論を先延ばししたのは、そのための時間稼ぎでしたか。社長が気になるネタをつかんだって言ったのはウソ？　それで従業員に賃金を払えるほど資金がもつのかな」と疑義を呈する天童に、花井は「計算高いというより怜悧さの表れと見るべきでしょう。結果として社員のプラスになるならば組合から異論は出ません」とすこぶる好意的だ。

「ここまでのおさらいです。鷲尾さんたちに再取材した結果を踏まえて、こんな関係が浮かびあがりました」と天童は系図を記した紙を二人に示す。

ビジネス新報→大学発ベンチャー投資報道→X教授
ビジネス新報→鷲尾CEO→東大の同窓X教授←内田キャピタル

胖「大学発ベンチャー投資計画って、ウチが二〇〇五年ごろに特集記事を報道したあれか？　そのときX教授も取材していたのか？」

天童「いいえ、存在すら知りませんでした。何年かあとに教授から問い合わせがあって、なぜか鷲尾さんの知るところとなった。ビジネス上の腐れ縁のあった内田に紹介したって元ボスは言っていました」

花井「編集部の誰かがボスにチクったに違いないわ。ボスも経済産業省にいたころ大学発ベンチャー千社計画に手を染めていたから、そっちでコネを作ったかもしれないけれど」

胖「負の連環か、円環か。ともかく椎名・内田の四一％がコンドル経由でアマゾネスに流れたら、あと一〇％で経営権を乗っとられる。椎名女史はアマゾネスが裏で糸を引いているって知っているのかな？」

天童「どうでしょう。少なくとも、内田を除くとほかの取締役は身売りの話自体知りません。持ち株会の感触はどうだ？」

花井「記者連中は働きがい重視でしょうね。身の保証もなく、アマゾネスに好き放題やられたら暴動が起きるかも。毎朝読の傘下に入ったって、向こうがメジャーリーグで、ウチは大半がマイナー行きって、目に見えるようよ」

胖「だとすると、A案もB案もぶっ潰すしかないな。C案はどうだ？」

めいめいが持ち寄ったC案は自力更生案の青写真だった。侃々《かんかん》諤々《がくがく》、三人が出した再生案は次の三つに収束しつつある。

①自力再建する。身売りはしない。

②紙の新聞から撤退。ウェブ配信と有料メルマガに特化。印刷・販売コストをなくす。経費を三割削る。

③関連部門の人員削減、希望退職を募る。取締役と従業員それぞれ二割減らす。

胖「C案でいこう。問題は椎名女史を巻き込むかどうかだ。その場合、取締役たちの同意を事前に取り付けておいた方が得策だろうな」

花井「それなら社長を味方にしましょう。椎名さんも紙の廃止は念頭にあるようですし」

胖「えっ、お前、谷間の百合と内通していたのか。俺たちと百合とを両天秤にかけていたなんて、百合みたいだな。一筋縄ではいかない。しぶといな、お前」

花井「両天秤なんて、人聞きの悪い。組合員にとって最良の選択をするまでです。それに、お前、お前って言わないの。昭和じゃないんだから」

天童「ここは恵梨佳に軍配が上がります。俺も彼女が社長に飲みに誘われているのは知っていました。この局面は恵梨佳に地ならししてもらいますか。俺は取締役の多数派工作にかかります。プロキシーファイト（委任状争奪戦）なんて、取材するぶんには興味津々《しんしん》ですけど、自分の会社じゃ食指が動かない」

胖は「トラ会」でもビジネス新報の編集でも蚊帳《かや》の外に置かれているのを知った。「老兵は死なず、ただ消えゆくのみ」。七十三年前のマッカーサーの演説に妙に親近感が湧く。

「コンドル陣営、毎朝読新聞からの両買収提案を却下します。当社は言論報道機関としての社会的使命を果たし、日本の経済社会の発展を支えていくためにも、自力で経営を立て直します」。社長の椎名がこう宣言したのは、五月のビジネス新報臨時取締役会の席上だった。元気玉コンビの根回しが功を奏し、事前に同意は取り付けていた。異論は出ない。

あわせて上程された人事異動案では、天童が常務、花井が編集長に昇格する件、胖の取締役退任が承認されている。背中に寂寥感と無力感と老兵感（＝加齢臭）が滲み出す。老臭は消え去らない。

六月に胖が経営の第一線から退くのを機に編集部門が送別会を開いた。「ネットの時代になっても特ダネファーストだ。ジャーナリズムは社会の木鐸《ぼくたく》、歴史と文化の担い手なんだ」という胖の長広舌に、「昭和の隠居じじいが紋切り型の御託を並べている。まるでドン・キホーテだ」と若手記者は鼻白む。空気が重たい。

「デジタル専業になってこそ、美しいヤマト言葉を大切にしたい」と、なおも言い募る胖を「消えゆくのみだが、まだ死なず、か」と、天童だけが戦友のよしみから老兵をいたわってくれた。後進の天童も花井も成長した。「俺だけ大人になりきれないままに引退か」。胖は忸怩《じくじ》たる思いに沈む。

無用の長物となりさがった胖は爾後、年金生活に入る。とはいえ、ライターとしてコラムを担当し、いくつかの大学で教鞭を執ることでかろうじて社会とつながってはいる。

M&Aの行きつく先

哀愁すら漂う父の落剝《らくはく》も諭はどこ吹く風だった。昨年アメリカから事務所に復帰以来、M&Aの業務に力を注ぐ。六月末、母校慶応高校野球部の夏の大会に向けた激励会に出席した。前年の全国制覇は色あせていない。それどころか「連覇だ」と古いOBの気勢は上がる。そのなかに父・胖の姿もあった。同期の河野治雄がOB会長を務めていて、胖も偉そうにメインテーブルに陣取っている。

「話が長いな。日吉の裏にしけこもうぜ」角田啓太が諭の肩をつつく。塚田駿平と一緒に所在なさげに来賓の祝辞を聞いていた諭が「いいね。三人で繰り出そう」。同期三人は始まって十分で会場をあとにし、なじみの中華料理屋に繰り出す。

「俺たちの代が春のセンバツで四十五年ぶりに甲子園に出てから、十八年たって夏の大会で全国制覇したんだな。もっとも我々は控え組だった。煌めくレギュラーを陰で支える黒子役だったけどね」

「そのころ生まれた赤ん坊が今年の主力になっているのか。俺たちも年をとったもんだ」

「引退試合でとんでもないエラーをしたよな。その裏、生涯初の三塁打。陰から光へ、いろいろ、しでかしたなぁ」。ひとしきり、現役時代の粗相や今期の野球部の期待など話は尽きない。酒が回るうちに舌も回り出す。

角田「塚田の芝浦光学は買収提案を受けて、会社が三分割されたんだろう？　メインの事業はMBOで経営陣が買い取った。家電やパソコンはアメリカのファンドが買収した。祖業の光学事業は独立して同業と合併したんだったな」

塚田「そうだ。俺は独立した相模光学機械で人員整理という役目を仰せつかった。身を切るような辛さに鬱々たる気分だった。あんな思いはこりごりだ。この案件には諭の事務所も関わっていたよな？」

諭「うちの事務所が、買収を仕掛ける、ある会社の代理人だった。もっとも、初戦で惨敗した。ＤＤ（資産査定）の段階でそれほどの高値がつけられなかったんだ。俺が福岡で司法修習したころの友人（山本隆）の事務所が、米系ファンドと組んで家電やパソコン事業を買収した。でも、収益率のいい内視鏡は最後の逆転劇で塚田の会社が取り込んだんだよな」

塚田「そのおかげで日本科研と形式上は対等合併できた。角田の浪華電産は台湾メーカーに買収されたよね」

角田「そう。俺はアクティビスト、つまり物言う株主の対応に忙殺された。それなりに辛酸をなめている。いまは本体と切り離された家電の子会社に籍を置いているんだ。大山の事務所にも世話になったな」

諭「もう時効だから話す。アメリカのコンドル・パートナーズから経営刷新案が黒船のように来航した。ところがロシアのマトリョーシカ人形みたいに、人形の外側を外すと、台湾のファンドが出てくる。それを外すと、さらにタイペイ電機工業という人形が姿を現す。気がつくと五〇％以上の株を買い占められていた。あとは家電事業のカーブアウト、事業の切り離しが淡々と進んだ」

かつての日本バレーの再来か。猫田がトスを上げて、森田が打つ、と見せかけて横田が打つ、とみせかけて大古が打つ。守備側はなすすべがない。塚田や角田も翻弄された。

塚田の場合：相模光学のリストラ担当という軛に身も心も疲弊した。「四国独立リーグに来いよ。大海原とカツオと鯨のように呑む酒豪が待っているぞ」。二〇二〇年に芝浦光学機械の野球部が休部になると知って、高校時代の監督の誘いの言葉が胸に去来した。野球への思い入れは捨てがたい。世知辛い生活もうんざりだ。来年の年明けに会社を辞めて第二の人生に乗り出すつもりだ。

角田の場合：浪華電産から切り離された家電子会社に転籍した。経営企画部門で事業計画の立案や他社との合従連衡《がっしょうれんこう》策を模索している。喫緊《きっきん》の課題は、一世を風靡《ふうび》した液晶テレビ工場をどう活用するかだ。生産が大幅に減っているため、別の工場に生産を集約する計画を煮詰めている。追い風が吹いている半導体やデータセンターから工場買収の打診も相次ぐ。アクティビストの思考回路も知った。将来はM＆Aの経験を活かし、コンサル会社の起業を目指す。

躓いても転んでもただでは起きない。学生時代に叩きこまれた「エンジョイ・ベースボール」が人生の難所で背中を押す。

七月十八日。三人の母校は神奈川県大会五回戦で敗退した。諭は胖にメールを打つ。「負けちゃったね。やはり激戦区の壁は厚い。百六年後の全国制覇に期待しよう」。明日への希望はしぼまない。

七月二十八日。佐伯幸子と智美の母娘は五輪観戦のためパリのホテルにいた。お目当てはバスケの八村塁、それに河村勇輝とバレーの石川祐希のWユウキだ。世界で日本人選手が飛翔する伏線は二〇二三年にあった。パリでは五輪種目ではないものの野球は春のWBCと十八歳以下のU18、障碍者のWBCでも優勝した。夏にバスケはグループ首位となって五輪の出場権を獲得する。秋のラグビーW杯で二勝するなど「ワールド=世界に挑む年」となった。

石川祐希は六月のネーションズリーグの銀メダルでは堂々たる大黒柱として貢献した。パリ五輪でも、スパイクと見せかけてトスアップする「フェイクセット」を披露。スパイク、サーブ、レシーブを含めたオールラウンドぶり。東京五輪で言えば、猫田兼

横田並みの活躍で、遺憾なく世界を魅了した。

もう一人の「ユウキ」河村勇輝はパリ五輪で3ポイントシュートを次々に射貫く。ドライブ、アシストと縦横無尽の奮闘。そのスピードスターぶりでアリーナ中の観客を湧かせる。そして十月、NBAデビューした。世界で地盤沈下している日本経済に比べると、スポーツ界では世界レベルで通用する若きアスリートたちが輝きを増す。

民事弁護士智美の行方

民事専門の弁護士佐伯智美は煮詰まっていた。日ごろ親権をめぐる血みどろのいざこざや、医療ミスで未来ある子を喪った母の嘆き、ハラスメントや会社の不当な扱いに苦しむビジネスパーソンに接したり、仄聞したりするにつけ、「闇」がボディブローのように心に淀む。アスリートたちが世界の舞台で躍動する姿を間近で見ていると、暗闇に一閃、光明が差す。

その夜、幸子は智美に一通の封書を手渡す。表紙には「遺書　智美へ　賢策」とある。文面を読むまでもなく、懐かしい父の筆跡に、思わず涙が出た。

「わたしの命は尽きようとしている。その前に辛い告白をしなければならない。智美は、わたしと幸子の実の子ではない。わたしの弟夫妻の子なのだ。弟夫妻は、悲しいことに一九九五年一月の阪神淡路大震災で帰らぬ人になってしまった。生後間もない智美は早産だったせいもあって、病院にいて難を免れることができた。鉄道や道路が復旧してやっとのことでわたしたちが病院に着き、智美を東京に引き取った。戸籍に入れてからずっと実の子として育てている。どうしても両親の不幸を伝えることができなかった。いや、それ以上に幸子ともども、本当の子どもとして接してきた。智美と生きられた二十四年の光陰は至福の連続だった。還暦まで生きられそうもないが、君たち家族に囲まれてわたしの人生はそんなに悪くなかった」

「そんなに悪くない」。挫折や葛藤、懊悩を重ねるたびに励ましてくれた父の金言を活字で目にすると、智美の涙腺がみるみる決壊していく。父、いや義父の苦渋と思いやりに涙が止まらない。父の遺志を、これから授かるであろう子どもにも伝承していこう。パリでこう彼女は誓った。

「最後まで智美の父でいたかった我がままを許してくれ。結婚が決まったらこのことを打ち明けるように幸子に依頼しておく。倖せになってくれ」

末尾まで読み進むと、幸子の眼もうるうるしている。「わたしの出生に何かあると薄々感じていたの。できがよくてイケメンのお兄ちゃんとわたしって、似ていないでしょう？性格も正反対だし」

中学二年生のとき、「トモ、こんな問題も解けないのか。俺の妹とは思えないな」と賢一に突き放された。「何よ、お兄ちゃんなんてキライ」。負けん気が強い智美は自力で数学に立ち向かう。小さいころから両親が彼女を可愛がっていた。不自然なほどに。それに兄が嫉妬していたことに気づいたのは高校生になってからだったか。

司法試験の勉強で四苦八苦していたとき、「トモ、そんな茨の道をめざさなくても、普通に就職して、当たり前の結婚をして、常識的な家庭をもてばいいじゃないか」と言った賢一に食ってかかった。「何がフツーよ、当たり前って何？　常識っていったい誰が決めるの？　みんな同じじゃないわ。物差しだって人それぞれ違う」。価値観が同根ではない。

互いにそう悟った。

賢一は銀行の支店勤務で実績をあげ、本店の法人営業部門に凱旋している。挙式した折、母から「トモちゃんは亡くなったお父さんの弟の子なの。あなたにとって妹ではなくて従兄妹ということになる。ちょうどそのころわたし、流産して、子どもを産めない体になってしまった。でもあの子が結婚するまでは絶対に黙っていてね」と打ち明けられた。「絶対に」にやけに力がこもっていて、賢一は二の句が継げない。幸子は二年前、賢一に苦渋の告白をしたことを、パリのホテルで思い出していた。

智美もまた二年前のセンチメンタル・ジャーニーを想い起こす。「プリンス・エドワード島の夜、あえて遺伝の話を持ち出したの。そのたびに、お母さん、引いていたでしょう？　あのとき、確信した。わたし、人生の小径のしょっぱなから大きな曲がり角があったんだなって」

「探りをいれていたの？　知らなかった」

智美は爾来、ふつふつと湧き上がる実の両親に対する思慕の念は封印した。本音は実の両親の生い立ちを聞きたい、墓参りにも行ってみたい。でも幸子は聞かれても当惑するに決まっている。そんな心中の葛藤を一瞬のうちに払拭して、二人の母を持つ智美は思念を赤毛のアンに巻き戻す。「お母さんの十八番《おはこ》の英米文学を逍遥《しょうよう》したときつくづく思った。わたし、宇宙の母と自然のほかには、ただ一人の血縁もないジェーンじゃなくてよかった。同じように孤児で、『お母さんの恥』と言われた記憶しかない荒涼館のエスターとも違う。わたしはアンだったんだって」

孤児院育ちの赤毛のアンは、その明るさとおしゃべりが気に入られて、マシューとマリラ兄妹の養子に迎えられる。マシューの死を乗り越え、明日を信じる光の子。ギルバートにいきなり赤毛をからかわれたアンは、彼と結ばれ、曲がり角の先に幸せな人生航路を歩む。智美も九月に華燭の典を挙げて家庭を築く。

智美はつくづく嘆賞する。「アンよりも幸せになってみせるわ。お兄ちゃんは生涯お兄ちゃん。お母さんも一生お母さん。ずっとお母さんでいてね」。いつにない智美の湿った口調に、幸子の涙腺もまた決壊した。夫の遺言を守って言い出せなかった智美の出生の秘密。悔悟と焦燥がなかったわけではない。「子どもを託す」という賢策の遺言がきっかけとなって「孟母から猛母」にスイッチが入ったのだ。

「この子、うすうす気づいてたのね」。一昨年、智美と赤毛のアンの古跡を訪ねたとき、「遺伝子」という言葉が出るとドギマギしてしまった自分が情けなくも思える。猛母は思う。この子と賢一を亡き夫の分まで育ててあげる。「わたしもそんなに悪くない一生よ」と天国で夫に報告できるようにしよう。幸子は亡き夫にそう誓った。

尊と胖の行く先

大山家恒例のハワイ旅行。史上最多出場となった二〇二四年九月は一族十人が集まった。出発前にちょっとしたハプニングがあった。紗耶香の出国に待ったがかかったのだ。ESTA（電子渡航認証）の申請がうまくできない。あたふたしているうちに予約した航空機を乗り過ごし慌てて翌日の券を取り直す。割高になってしまい胖は不満げだが、「ま、いいか。ドンマイ」という悠真のつぶやきにみんなが和む。

ワイキキのホテルに着く。「きょうはレディースデイだから存分に楽しんできてね」。運転手役の三男・聖が、のぞみ、明日香、かなえをアラモアナ・ショッピングセンターに送り出す。胖と諭、尊が悠真、みこと、紗耶香をプールに誘《いざな》う。
「さあ、今日はお父さんが混じっているから、大トラ会だ」。ちびっ子三人が寝入ってい
る昼下がり、諭は早くも気炎をあげる。前回のトラ会で三兄弟が飲んだとき、彼らはある
申し合わせをした。傍目にもしっくりいっていない胖と尊を、ハワイの開放的な空気のも
と折り合いをつけさせる作戦をたてたのだ。三年前のトラ会で「俺が草壁家の養子になっ
たことが根っこにあるんじゃないか」と尊が打ち明けたことが布石となった。
「お父さん、俺が草壁家の養子になったことで、まだわだかまりがある?」。尊は真っ向
勝負だ。感受性が強く、本当の親子なのかと邪推するほどに父との確執に思い悩んだ時期
さえあった。
「そんなことはないよ。最初はこだわっていたけど、今は何も気にしていない」
「小学校で野球をやっていたときはやたらノックがきついし、受験に失敗するとさんざん
こきおろされた」
「ノックは期待の現れだ。偏差値三十五からの受験は正直、ノックアウト覚悟だった。中
学はよく大逆転できたな。医学部浪人はしかたないよ」

「医学部も学費が高かったから苦労したでしょう？　マー君は最短で就職したから、それほどでもなかっただろうけど」

「医学部にカネがかかるのは当然だ。たしかに中学受験全敗ボウズのマー君は安あがりだったな。まあ、本音を言えば、姓が違うっていう違和感はなかなか慣れなかった。ときおり喉に小骨が刺さったようにふっと気になるんだ。完全に吹っ切れたのは、みーちゃんが生まれてからだった。なんたって、彼女は生まれた日から草壁だもんな。孫は鎹《かすがい》だよ」

今年三歳になったみことは、父・尊をはるかにしのぐイヤイヤ娘であり、母かなえに比肩する天邪鬼だった。祖父の胖にまったくなつかない。それどころか顔を合わすと瞬間湯沸かし器のように泣きじゃくる。口がきけるようになれば「イヤ」の連発。知恵がつき始めると「じいじ、きらい」。ところが胖と二人きりで三時間も公園で遊んだのをきっかけに祖父と孫娘の軋轢は霧消した。今では大の仲良しと喧伝《けんでん》するほどになっている。

「言った通りだろ」と諭はしたり顔だ。「タケも仕事と子育てで忙しいだろうけど、親子なんだから話せばわかるんだって。まあ、俺は最初の子で信頼されていて、マー君は末っ子で大目に見られていたことは否定できない。タケの場合は俺らより試練や葛藤も多かったし」

「尊はちょっとした空気の揺れを敏感にビビッと感じるタイプだしな。俺も記者時代は心にゆとりがなかった。ただでさえ狭量で短気で自分よがりな性格だからな」と自嘲する胖に尊が言った。「苗字が変わろうが何だろうが、お父さんは一生お父さんだもんね」

「お父さんも現役を引退したんだから身も心もゆとりを持ってよ。日本に帰ったら四人でトラ会をしよう。忌憚《きたん》なく飲もうぜ」。永久幹事の諭の承認で、胖もトラの穴に入った。でないと、虎児《こじ》を得られない。

「あっ、折れちゃった」。悠真が素頓狂に叫ぶ。胖・諭・悠真三世代を貫く永遠のヒーロー・ウルトラマンの一撃で怪獣の尻尾がすっ飛んだのだ。「壊れちゃった。ま、いいか」。諭は「やっぱり、正義のヒーローは強いね」と鷹揚だ。「俺だったら、物を大事にしろって怒鳴っていたかもしれないな。でも孫の仕業となると慈しみしか感じない」。胖は祖父となってようやく寛容の精神を学び始めたようだ。

ハワイからの帰りの便でサプライズがあった。紗耶香の二歳の誕生日を客室乗務員が祝ってくれたのだ。ご機嫌サヤが「あぴばーでーじゅじゅー」と歌っている。明日香の通訳によると、「ハピバースデートゥーユー」らしい。それを聞いた諭が「マー君の一歳の誕生祝でハピバースデーって歌い始めたら、マー君が飲んだミルクを吐いちゃった。それ以来、ハキ《吐》マスデーって歌うようになったんだ」と明日香に大山家の恥を吐露する。「知ってるわよ。マー君の誕生会のとき大声でそう歌っているじゃない。悠真が、ダジャレだって喜んじゃって」と明日香は呆れながら、大目に見ている。

帰国した翌日未明、些細なハプニングが起きた。「ハワイが終わっちゃった。さみしいよぅ。みんなに会いたい」。ワンワン泣きじゃくる悠真。光り輝く楽園から日常に戻った四歳児にも従妹たちとの別れは寂しいようだ。明日香は「楽しかったね。ユウちゃん、五メートルも泳げるようになったし、ロコモコやアイスもおいしかったでしょう？　また、みんなとすぐに会えるわよ」と半時ほど悠真の背中をさする。

医療事件の行く末

「人形町の病院で大学生が窒息死したのは、病院側の対応が遅れたのも一因だったとして、病院側は患者の遺族におよそ三千万円を支払うことで示談が成立した、と発表しました」。十月末、さくらテレビがこう報じた。新聞やテレビ各局を見比べると、病院や患者側、双方の弁護士に事前に取材していた情報量の多さで、さくらテレビは際立つ。

この医療事件では大山家や親族の何人かが深く関与している。諭たちのまた従妹・佐伯智美は患者側の弁護士。病院の初期対応の不手際で患者が亡くなったのは明白だとして、同業である諭に相談を持ちかけた。医療関係にさして造詣が深いとはいえない諭は「示談しかないだろう」と弥縫《びぼう》策を話すことしかできない。というのも諭の弁護士事務所の別部門が病院の弁護を引き受けているから、患者側に有利な助言などもってのほかだ。

智美は学生時代の伝手《つて》をたどって、ある専門家に取材した。「医療訴訟は年間数百件起きている。しかし、認容率、つまり医療訴訟の勝訴率は二〇%と極めて低い。おまけに審理に平均二年ほどかかってしまう。訴えても裁判に負ければ得るものはない。弁護士費用も、二年の審理にも耐えられるのか?」と訊かれ、さしも強気で鳴る智美は「依頼人と相談します」と、言わざるを得なかった。

何度か病院側に手術のビデオを含む医療記録の開示を求めたが、病院側は「倫理委員会で精査中」を盾に情報開示に応じない。それでも遺族と相談を重ねていく智美は、どうしたら弱者に寄り添った助言ができるだろうか、と思い悩む。

「俺の後輩が勤めている病院だし、彼も当事者の一人だから何も言えない」と、尊は智美ににべもない。むしろ、尊はその後輩に「倫理委員会の調査が終わるまでは外部に一切情報を漏らすな。非があることは否定できなくても、安易にミスを認めるのは得策ではない」と医療機関側の肩を持つ。

当初は刑事と民事で訴訟を起こすと息巻いていた智美も、諸般の客観情勢に鑑み示談、和解の戦術に軸足を移していく。三兄弟と智美の連携、協力もあってか、大学生の窒息死をめぐるトラブルはなんとか示談で着地した。それでも、力不足だった、と智美は慙愧《ざんき》に耐えない。


二〇二五年元旦。春子の家でのぞみ、明日香、かなえの四人が麻雀卓を囲んでいる。先天的に配牌もツモもいい春子が素人衆を相手にするとなれば独走するのは必定だ。点棒の総取りに向かって一切、容赦しない。

「ツモ！　面前で清一色《チンイツ》」。春子は指を折りながら「はねま〜ん！　親だから一万八千て

～ん」と両手を挙げる。「六千点オール」と言い終わらぬうちに、紗耶香が乱入する。「暴れん坊将軍の来襲！」。のぞみが警報を発令するも、ときすでに遅し。紗耶香は麻雀パイをなぎ倒し、さんざんに狼藉を働く。怪獣の襲撃か大魔神の逆襲か。

明日香は女の子が生まれたら若草物語の四女エイミーになりそうな予感がしていた。あるいは、好き嫌いが激しく気取りやの白雪姫と……。この預言の半分は当たり、残りの半分は、まったく予想がつかない。

一瞬の静寂。悠真が四人の顔色を見ながら「しょうがないよ。サヤちゃんは赤ちゃんだから。ま、いいか。ドンマイ」。笑い転げる四人の雀士たち。春子が託宣する。「大目に見てあげる。サヤちゃんは姉（妙子）の生まれ変わりだから」

エピローグ

天井桟敷の井戸端会議

二〇二五年

その夜、冴えわたった夜空の星々から彼らの先祖たちが笑顔でこの光景を見つめている。

大山美智子「ユウちゃんは優しいお兄ちゃんになったわね。パリ五輪の柔道の阿部一二三が、負けた妹を気遣っていたように」

佐多松子「サヤちゃん、大人全員が息を呑んでも泰然自若としているわ。末頼もしい。みーちゃんはイヤイヤ娘から白雪姫やシンデレラになりそう」

大山立志《たつし》「みんな苦難や蹉跌があっても、ちゃんと乗り越えている。五輪で言えば、奇跡の大逆転を果たした体操男子やスケートボードみたいなものだ。アスリートはこぞって家族や友人、チームに感謝する言葉を口にするね」

草壁俊英「ともあれ我々の一族や子孫が繫栄して言うことなしだ。俺の座右、寛恕の精神も受け継がれている。親が子に伝え、親も子から学ぶ。兄弟姉妹従兄妹たちが支え合う。やっぱり、家庭や家族はいいものだ」

「ま、いいか。ドンマイ」「寛容、寛恕、寛大が大事。大目に見ましょう」誰言うともなくつぶやく。

ご先祖さま四人が躍り出さんばかりの「天の会」が宴たけなわだ。「ふてほど（不適切にもほどがある！　の略）音頭」ではなく、「ま、いいか行進曲」の大合唱がこだまする。

「ケ・セラ・セラ〜なるようになる〜」。悠真が地上から合いの手を入れる。「ま、いいか」

とみことと紗耶香が唱和している。明日を信じて。

おわり

おわりに

ここまでお読みくださった皆さまに心からお礼申し上げます。ありがとうございました。快く取材に応じていただいた方々にも深謝したします。

執筆に当たっては、各種の出版物をはじめ、日本経済新聞など新聞各紙やテレビ報道、インターネットなどから引用、参照いたしました。特に感銘を受けた作家（敬称略、五十音順）と著作を以下に記します。

荒俣宏：福翁夢中伝◇アンネ・フランク：アンネの日記◇イプセン：人形の家◇エミリー・ブロンテ：嵐が丘◇L・M・モンゴメリ：赤毛のアンシリーズ◇円地文子：源氏物語◇オルコット：若草物語◇ゲーテ：ファウスト◇真田徹：真田幸村の系譜　直系子孫が語る四〇〇年◇司馬遼太郎：功名が辻、燃えよ剣、義経、竜馬がゆく◇シャーロット・ブロンテ：ジェーン・エア◇シェークスピア：リア王◇スタインベック：怒りの葡萄◇清少納言：枕草子◇ダンテ：神曲◇陳舜臣：小説十八史略◇ディケンズ：荒涼館◇永井路子：

この世をば　藤原道長と平安王朝の時代、姫の戦国、北条政子、乱紋、流星◇バルザック…谷間の百合◇福沢諭吉…修身要領◇三田評論◇宮尾登美子…天璋院篤姫、宮尾本　平家物語、義経◇モーパッサン…女の一生◇山本有三…女の一生◇ライマン・フランク・ボーム…オズの魔法使い

NHK大河ドラマ「利家とまつ」「真田丸」「鎌倉殿の13人」「光る君へ」、TBSのドラマ「不適切にもほどがある！」の場面や人物造形、しゃれた台詞の数々は、お粗末な脳細胞を刺激してくれました。映画や漫画・アニメ、ゲームも海外に誇る日本の文化です。

古今東西、先達の残してくれた活字や至言、映像、データは生きるための無限の道しるべです。拙著がその片隅にでもお席を賜ることができれば身にあまる光栄です。

二〇二五年一月　大村泰

〈著者紹介〉
大村 泰（おおむら ゆたか）
1957 年、東京生まれ。慶応高校野球部出身。1980 年慶応大学経済学部卒業、日本経済新聞社入社。記者時代は主に企業取材、特に M&A に興味を持つ。編集局次長、子会社の社長・会長などを経て、2023 年退職。11 月に処女作「三代の過客」を上梓。幻冬舎編集部がその月に刊行した本から選ぶ「ルネッサンス大賞」を受賞。著作活動に加え、実践女子大学、山口大学などで講座を担当。３人の息子は弁護士、医者、テレビ局勤務。男女３人の孫世代に向けて、この国の行く末が気になってならない今日このごろです。

三代《さんだい》の光陰《こういん》

2025年3月24日　第1刷発行

著　者　大村 泰
発行人　久保田貴幸

発行元　株式会社 幻冬舎メディアコンサルティング
〒151-0051　東京都渋谷区千駄ヶ谷4-9-7
電話　03-5411-6440（編集）

発売元　株式会社 幻冬舎
〒151-0051　東京都渋谷区千駄ヶ谷4-9-7
電話　03-5411-6222（営業）

印刷・製本　中央精版印刷株式会社
装　丁　弓田和則

検印廃止

Printed in Japan
ISBN 978-4-344-69211-4 C0093
幻冬舎メディアコンサルティングＨＰ
https://www.gentosha-mc.com/